AF398915

Uli Vögl wurde 1976 in Augsburg geboren und lebt mit ihrem Mann und ihren drei Kindern in der Fuggerstadt. Wann immer ihr es möglich ist, verbringt sie viel Zeit in der Natur und zieht ihre eigenen Kräuter. Ihre Leidenschaft für das Schreiben teilt sie mit ihrer Zwillingsschwester, mit der sie gemeinsam die Donnersbergtrilogie geschrieben hat.

ULRIKE VÖGL

Ein humorvoller Augschburg-Krimi

Überarbeitete Neuausgabe November 2024

Copyright © 2024 dp Verlag, ein Imprint der
dp DIGITAL PUBLISHERS GmbH
Made in Stuttgart with ♥
Alle Rechte vorbehalten

Mord, gell?

ISBN 978-3-98998-428-8
E-Book-ISBN 978-3-98998-420-2
Covergestaltung: Anne Gebhardt
Umschlaggestaltung: ARTC.ore Design
Unter Verwendung von Abbildungen von
shutterstock.com: © demarcomedia, © 12photography,
© Alexey V Smirnov
stock.adobe.com: © Tetiana , © Metallic Citizen
elements.envato.com: © PixelSquid360
Lektorat: Carolin Diefenbach
Satz: dp DIGITAL PUBLISHERS GmbH
Druck und Bindung: Books on Demand GmbH, Norderstedt

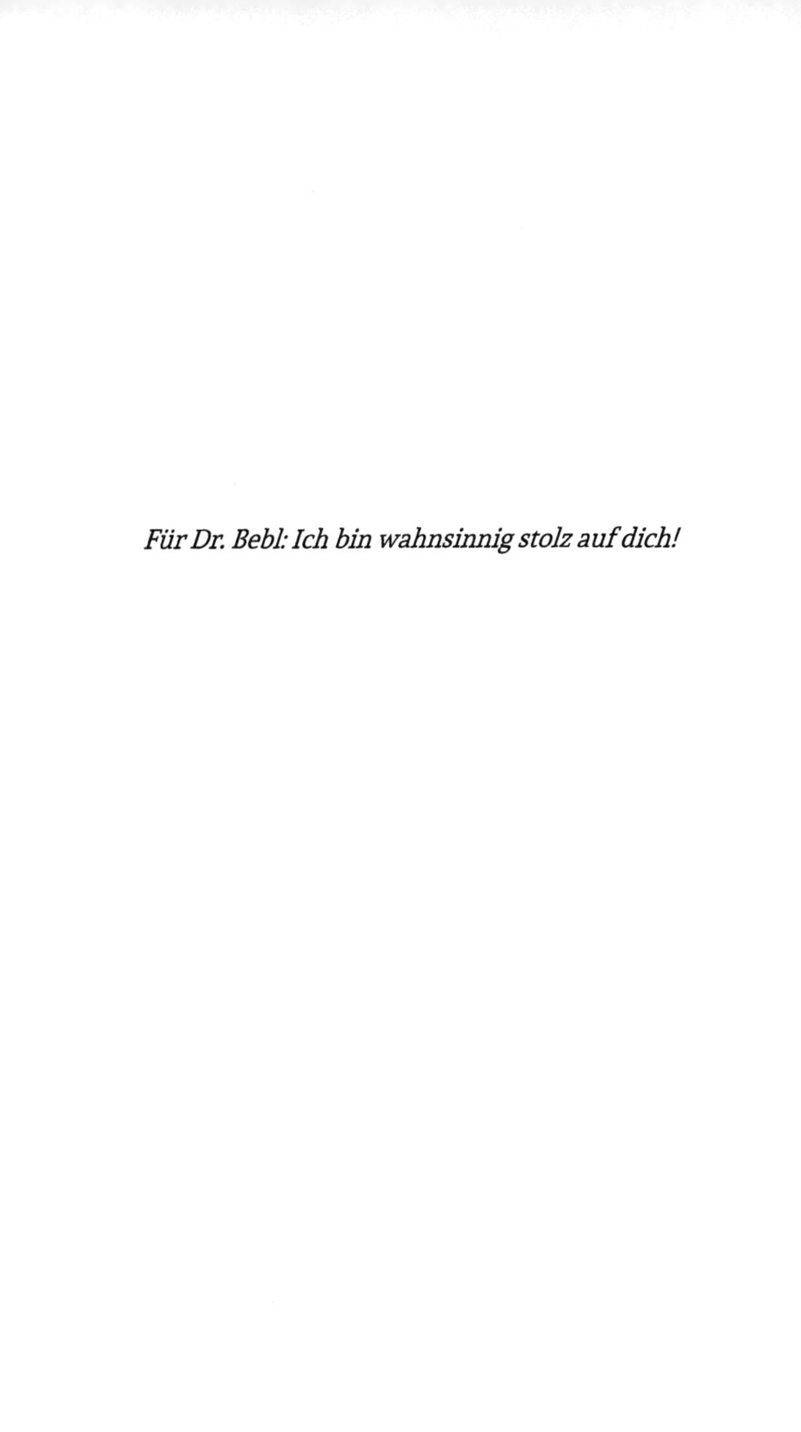

Für Dr. Bebl: Ich bin wahnsinnig stolz auf dich!

Prolog

Fassungslos sah Nick sich um. Vorsichtig einen Fuß vor den anderen setzend, bewegte er sich über knirschende Glassplitter hinweg durch seinen Laden. Die große Schaufensterscheibe war komplett zerstört und beinahe der gesamte Laden war mit Splittern bedeckt: auf dem Boden, auf den Waren, einfach überall. Nick biss die Zähne zusammen. Was für eine Zerstörung! Glücklicherweise war er gerade hinter der Theke gewesen, als das Chaos losbrach, sonst hätte er sich ernsthaft verletzen können. Nicht auszudenken, wenn bereits Kunden im Geschäft gewesen wären! Zum Glück war es noch zu früh dafür und Nick selbst erst vor einer Viertelstunde hereingekommen. Da war die große Scheibe noch intakt gewesen. Dann hatte es auf einmal einen Riesenknall gegeben ...

Kopfschüttelnd bewegte sich Nick durch den Laden auf die zerbrochene Scheibe zu. Wenigstens trug er seine Lederschuhe mit den dicken Sohlen, daher musste er sich keine Sorgen machen, sich an den scharfkantigen Splittern zu verletzen. Kritisch besah er sich die Reste der Scheibe. Aus welchem Grund war sie nur geborsten? Vorsichtig ging er näher heran, um sich den Schaden zu besehen. Das würde teuer werden. Die komplette Scheibe zu ersetzen, würde eine ganze

Stange Geld kosten. Er konnte nur hoffen, dass die Versicherung den Schaden bezahlen würde. Aber der ganze Papierkram, der da auf ihn zukam … Seufzend wandte er sich zur Tür, um sich die Bescherung von außen anzusehen.

„O mei, o mei, was isch denn hier passiert?" Frau Meier vom Obststand gegenüber stand mit weit aufgerissenen Augen und mit vor den Mund geschlagenen Händen vor Nicks Laden.

„Leider weiß ich das auch noch nicht so genau", antwortete Nick. „Es hat einen lauten Knall gegeben und als Nächstes lagen überall im Laden Splitter herum."

„Ihne isch doch nix passiert, oder?", erkundigte sich die alte Frau fürsorglich.

„Mir geht's gut, danke", winkte Nick ab. „Nur der Schreck ist mir ordentlich in die Glieder gefahren."

Verständnisvoll nickte seine Kollegin und lief zurück zu ihrem Stand. Sie war gerade dabei gewesen, ihre Ware auf den hölzernen Auslagetischen zu drapieren, als das laute Geräusch sie aufgeschreckt hatte. Sie griff sich eine große Orange und brachte sie Nick.

„Vitamin C tut immer gut, junger Mann", sagte sie freundlich und drückte ihm die Frucht in die Hand.

Nachdem Nick sich bedankt hatte, verließ sie ihn mit einem mitleidigen Blick, um sich wieder ihrer Auslage zu widmen. Nick fand die Geste der alten Frau ja rührend, aber so richtig weiter half ihm das Ganze jetzt auch nicht wirklich. Er steckte die Orange in seine Jackentasche und wandte sich wieder grübelnd der zerbrochenen Scheibe zu.

Merkwürdig, hier draußen lagen gar keine Splitter. Nachdenklich kratzte sich Nick am Kopf. Wäre die

Scheibe von selbst geborsten, wovon er allerdings noch nie gehört hatte, dann hätten doch überall Scherben herumliegen müssen. Es befanden sich aber nur welche im Inneren seines kleinen Ladens. Nick stockte. Aber das bedeutete ja ...

Schnell ging er wieder ins Innere und sah sich suchend um. Unter einem Auslagetisch vor dem Regal, auf der dem Schaufenster gegenüberliegenden Seite, wurde er schließlich fündig. Er bückte sich und angelte einen faustgroßen Stein unter dem Tisch hervor. Stirnrunzelnd besah er sich den schweren Gegenstand. Ein Papier war mit einer Schnur daran befestigt. Es war so fest daran geknotet, dass Nick sich die Schere von der Theke holen musste, um die Schnur zu lösen. Nick war fassungslos. Offenbar hatte jemand den Stein durch die Scheibe geworfen!

Wütend glättete Nick das beschriebene Papier. Als er anfing, es zu lesen, wurde er blass. Mit so etwas hatte er nicht gerechnet ...

1.

„I lieb die feine Herbschtluft, du net au?“

Strahlend hakte sich ihre Kollegin Franzi bei Helena unter, als sie gemeinsam das Polizeipräsidium verließen, wo sie beide als Kriminalkommissarinnen arbeiteten.

Helena atmete tief durch und stimmte ihrer Partnerin zu. „Der Herbst war schon immer meine liebste Jahreszeit. Als Kinder haben wir Unmengen Kastanien gesammelt und lauter verschiedene Tiere daraus gebastelt.“ Die Kindheitserinnerung ließ sie verträumt vor sich hin lächeln.

„Mei, des ham mir au immer g’macht! Dann ham mir mit Zahnstochern die scheensten Viecher gebaschtelt.“

Inzwischen waren die beiden auf dem Parkdeck angekommen und stiegen in Helenas Auto.

„Wo wollen wir denn heute Mittag essen?“, fragte Helena, während sie den Gurt anlegte.

Franzi überlegte. „Hmmm, heut hätte i a Gluuscht auf was Deftiges. Was meinsch du?“

Helena sah ihre Partnerin fragend an. „Du hättest was?“

Ihre Augsburger Kollegin lachte glucksend. „Ach ge, Lena, jetzt wohnsch du scho so lang hier bei uns, da wirsch mi doch endlich mal verschtehn!“

Die gebürtige Hamburgerin Helena rollte mit den Augen. „Inzwischen glaube ich, dass ich niemals so weit sein werde, alles zu verstehen, was ihr so von euch gebt", sagte sie seufzend, während sie das Auto startete. „Ihr Augsburger wisst schon, dass wir hier in Deutschland leben und alle so sprechen sollten, dass man sich auch versteht?"

Grinsend fuhr Helena das Auto aus dem Parkplatz und bog auf die große Allee vor dem Präsidium ein.

„Mir Augschburger sind halt was ganz B'sonderes", stellte Franzi augenzwinkernd fest. „Wer zu uns kommt, muss si halt anstrengen. Aber a ganz so hoffnungsloser Fall bisch jetzt au wieder net, Lena."

„Jetzt mal im Ernst, Franzi. Was hast du vorhin gesagt?"

„I hab g'sagt, dass i a Gluuscht auf was Deftiges hätt, verstehsch? Gluuscht heißt so was wie Luscht. Schau", fügte sie versöhnlich hinzu und tätschelte Helenas Knie, „scho wieder hasch was Neues g'lernt. Mir machen aus dir no nen richtigen Datschiburger."

Lachend schüttelte Helena ihren Kopf. Datschiburger! Die Augsburger waren so stolz auf ihren berühmten Zwetschgendatschi, dass er ihnen sogar den Spitznamen Datschiburger eingebracht hatte.

„Das wohl eher nicht, aber gefallen tut es mir hier schon."

Zufrieden grinste Franzi ihre Partnerin an.

„Dann fahr ich in die Maxstraße und schau, ob ich da parken kann. Da finden wir jede Menge Restaurants, einverstanden?" Helena setzte den Blinker und fuhr in Richtung Innenstadt.

„Au ja, des mach mer! I wollt scho immer mal den neuen Italiener ausprobieren. Der soll ne gute Mittagskarte ham."

Zehn Minuten später saßen die beiden Frauen draußen vor einem kleinen Lokal und warteten auf ihre Bestellung. Helena hatte ihre Sonnenbrille aufgesetzt, während Franzi ihr sommersprossiges Gesicht mit geschlossenen Augen von der warmen Herbstsonne bescheinen ließ.

„Des isch vielleicht schee! Kei Vergleich zu dem Mief im Präsidium."

Helena stimmte ihr zu. Mittags versuchten die beiden Kommissarinnen, sooft wie möglich auswärts zu essen, um frische Luft zu schnappen. Natürlich gingen sie nicht jeden Tag in Restaurants, das hätte ihre Geldbeutel doch arg strapaziert. Oft spazierten sie auch einfach nur in den großen Park um den Augsburger Hotelturm und aßen dort ihre mitgebrachten Leckereien auf einer Bank.

„Ihre Pasta Vongole." Eine freundlich aussehende Kellnerin stellte eine große dampfende Schüssel vor Franzi ab. Kritisch beäugte Helena die Meeresfrüchte. Auch wenn sie aus einer Hafenstadt kam, hatte sie sich damit noch nie anfreunden können.

„Ihre Pizza mit Ruccola. Buon appetito." Eine riesige Pizza, die über den Rand hinaushing, wurde vor Helena platziert. Mit großen Augen besah sie ihre Bestellung.

„Da mußsch aber nen g'hörigen Hunger ham, Lena", lachte Franzi und stach mit der Gabel genüsslich in ihre Nudeln. „I wünsch dir nen guten Appetit."

„Den wünsche ich dir auch, Franzi. Au weia, dieses Ungetüm schaffe ich niemals!" Zweifelnd blickte Helena auf ihr Essen.

„Mußsch doch au net. Den Rescht kannsch immer no mitnehmen", beruhigte sie ihre Kollegin. „Und übrigens, unser Hannes hätt die locker g'schafft!" Sie zwinkerte Helena verschmitzt zu.

„Da muss ich dir voll und ganz recht geben!" Helenas Großcousin, der im vergangenen Jahr in Augsburg zu Besuch gewesen war, hatte Unmengen an Essen in sich hineinstopfen können. Eine Pizza dieser Größe hätte ihn vor keine besonders große Herausforderung gestellt. Inzwischen studierte er in Hamburg Betriebswirtschaft. Häufig rief er an und berichtete von seinem Werdegang, verdankte er doch den beiden Frauen, dass sich sein Leben zum Besseren gewendet hatte.

Helena schnitt sich ein Stück der Pizza ab und steckte es sich in den Mund. Hmmm, köstlich! Der würzige Rucola passte hervorragend zu der fruchtigen Tomatensoße und dem geschmolzenen Mozzarella. Schweigend genossen die beiden Frauen ihre Köstlichkeiten.

„Boah, ich kann nicht mehr", stöhnte Helena eine Viertelstunde später. „Ich platze gleich!" Zur Bestätigung fasst sie an ihren Bauch.

„Da hasch aber fei net viel g'schafft", neckte sie Franzi. „Da isch ja fascht no die Hälfte übrig."

„Das macht nichts", winkte Helena ab. „Dann hab ich abends noch was oder ich heb sie mir für morgen auf."

Sie tranken noch zwei Espressi, bezahlten und schlenderten gemütlich zum Auto zurück.

„Mi zieht's grad so gar net in die stickige Bude z'rück", sagte Franzi, die auffallend langsam ging.

„Lass uns noch ein bisschen in die Schaufenster gucken. Dann haben wir gleich einen Verdauungsspaziergang gemacht", schlug Helena vor. Franzi stimmte begeistert zu und lief gleich darauf wesentlich beschwingter neben ihrer Kollegin her.

Interessiert besahen sie sich die bunten Auslagen und stellten überrascht fest, dass die Geschäfte bereits auf Wintermode umgestellt hatten. Lange Mäntel schienen wieder in Mode zu kommen. In der warmen Herbstsonne vermochte man sich noch gar nicht vorzustellen, dass es bald wieder so kalt sein würde, dass man so etwas tragen musste.

Eine halbe Stunde später fuhren die beiden Frauen ins Präsidium zurück. Sie hatten ihre Mittagspause überzogen und würden daher am Nachmittag eine Überstunde einlegen müssen, um die verlorene Arbeitszeit wieder reinzuholen.

„Hoffentlich wird dei Nick net sauer, wenn du später heimkommsch", sagte Franzi, als sie sich Helena gegenüber an ihrem Schreibtisch niederließ.

„Ach was", winkte ihre Partnerin ab. „Der ist sowieso immer lange im Laden."

Seit einem guten Jahr waren Helena und Nick ein Paar. Sie hatte den gutaussehenden Mann kennengelernt, als er in die gegenüberliegende Wohnung eingezogen war. Inzwischen verbrachten sie die meiste Zeit zusammen, hatten sich jedoch noch nicht dazu entschließen können, eine der Wohnungen aufzugeben.

„Wie läuft denn das Geschäft?", erkundigte sich Franzi interessiert.

Nick hatte den kleinen Laden auf dem Augsburger Stadtmarkt von seiner Tante übernommen, als diese in den Ruhestand ging. Alle möglichen Kleinigkeiten konnte man in dem liebevoll eingerichteten Geschäft erstehen, von Geschirr über Taschen hin zu lauter verschiedenen Dekoartikeln.

„Er sagt, er sei zufrieden", sagte Helena. „Er hat wohl viel Stammkundschaft, aber auch die Touristen kaufen gerne bei ihm ein. Er hat inzwischen eine kleine Augsburg-Ecke, wo man nette Andenken erwerben kann."

Franzi nickte stolz. „Des werden von Jahr zu Jahr immer mehr Touris, die in unsre scheene Stadt kommen. Des isch ja au kein Wunder net, wo mir doch inzwischen sogar Weltkulturerbe sind."

Seit 2019 stand das Wassermanagementsystem der Stadt Augsburg auf der Liste des UNESCO-Weltkulturerbes, eine Tatsache, die Franzi nie müde wurde zu erzählen. „Mir sind Weltkulturerbe", stand auf einer Werbepostkarte, die einen der Augsburger Wassertürme zeigte, die Franzi an die Seite ihres Monitors geklebt hatte. Sie hatte Helena sogar einmal zu einer Führung in den Wasserturm am Roten Tor gedrängt, ganz in der Nähe von Helenas Wohnung, und obwohl Helena anfangs nicht gerade viel Lust dazu verspürt hatte, hatte sie die Führung dann doch als überaus interessant empfunden. Sie hatte sogar ihren Eltern am Telefon davon erzählt und ihnen versprochen, eine Führung für sie zu organisieren, wenn die beiden sie mal wieder besuchen würden.

Die nächsten Stunden war außer dem eifrigen Klackern der Tastatur nicht viel zu hören. Über den Sommer war einiges an Papierkram liegen geblieben, dem sie sich leider widmen mussten. Das Fenster ihres Büros im zweiten Stock des Präsidiums stand weit offen. Hin und wieder vernahm man neben dem gleichmäßigen Brummen der zahlreichen Autos Kindergeschrei von einer nahegelegenen Schule und das Bimmeln der Straßenbahn, die direkt vor dem großen Steingebäude, in dem das Polizeipräsidium Schwaben untergebracht war, eine Haltestelle hatte.

Schrilles Klingeln unterbrach die Stille und ließ Helena zusammenfahren.

„Danner", meldet sich Franzi, nachdem sie den Hörer des Telefons abgenommen hatte. Sie lauschte eine Weile und machte sich währenddessen Notizen.

„Wo genau ham Sie g'sagt? Aha ... Also neben dem großen Karussell? Alles klar, mir kommen hin. Sperren'S großräumig ab." Sie legte den Hörer auf und sah Helena an.

„Lena, mir müssen los. Wir ham a Leich aufm Plärrer."

Helena stand auf, griff sich ihren Notizblock und ihre Tasche und wartete, bis Franzi ihre Sachen verstaut hatte.

„Mir lassen uns aber mit'm Streifenwagen hinfahrn", sagte Franzi, als sie aus der Tür traten. „Da unten findsch du um die Zeit ums Verrecken kein Parkplatz net."

Helena folgte ihrer Kollegin zum Eingang des Präsidiums und wartete, während diese mit der jungen Beamtin dort die Einzelheiten ihres Transports ausmachte. Anschließend traten sie gemeinsam aus dem Gebäude.

„Mir solln auf'm Parkdeck warten, hat sie g'sagt", ließ Franzi sie wissen, woraufhin sie sich dorthin begaben.

„Sag a mal, warscht du eigentlich inzwischen scho mal auf unsrem Plärrer?“

Helena schüttelte den Kopf. „Ich bin bis jetzt noch nie dort gewesen“, gab sie zerknirscht zu. „Ich bin nicht so der Volksfesttyp.“

Entsetzte Blicke trafen sie. „Was soll’n des heißen, net so der Volksfeschttyp?! Der Plärrer g’hört doch zu unsrer Augschburger Kultur!“ Franzi schüttelte so heftig ihren Kopf, dass ihre rotbraunen Locken nur so durch die Gegend flogen. „So a Banausin“, murmelte sie vor sich hin.

Helena wusste, dass das bekannte Augsburger Volksfest, das Plärrer genannt wurde, zweimal im Jahr stattfand, einmal an Ostern, der sogenannte Oschterplärrer, und einmal im Herbst, der Herbschtplärrer, wie die Augsburger sagten. Als Kind war sie mit ihrer Familie hin und wieder auf den Hamburger Dom gegangen, ein riesengroßes Volksfest, das dreimal jährlich stattfand und zu dem über 10 Millionen Besucher kamen. Als Kind hatte sie den Rummel ja noch richtig schön gefunden, die verschiedenen Karusselle, der Geruch nach Popcorn und gebrannten Mandeln, riesige Zuckerwatte … Aber je älter sie wurde, desto weniger konnte sie dem Ganzen abgewinnen. Menschenmassen, die einen durch die Gänge schoben, überall Krach und überlaute Musik, volltrunkene Besucher, die durch die Straßen torkelten oder auf den Grünstreifen ihren Rausch ausschliefen … Da konnte sich Helena wahrlich Schöneres vorstellen.

„Ah, da isch er scho“, sagte Franzi und deutete auf einen Streifenwagen, der soeben auf das Parkdeck abbog und wendete. Als er vor ihnen hielt, stiegen die beiden Kommissarinnen ein, Franzi vorne, Helena hinten.

„Wo derf's denn higehen, die Damen?"

„Ja, Schorsch! Mei, jetzt hab i di gar net glei erkannt, weil die Scheibe so g'schpiegelt hat!" Grinsend schlug Franzi dem uniformierten Beamten auf die Schulter. „Des isch aber nett, dass du uns rumchauffiersch."

„Grüß dich, Schorsch", sagte auch Helena erfreut, die es sich auf dem Rücksitz bequem machte und sich anschnallte. „Schön, dich mal wieder zu sehen."

Der Beamte sah in den Rückspiegel und tippte sich mit der Hand grüßend an die Mütze. „Gleichfalls, Lena. Wo soll's nun hingehen?" Fragend sah er seine Mitfahrerinnen an.

„Mir müssn zum Plärrer nunter", ließ Franzi ihn wissen.

„Ah, jetzt verschteh i. Deswegen habt's ihr a Taxi braucht. Da unten findsch echt kein Parkplatz net", sagte Schorsch und fuhr los.

Auf dem Weg erkundigte sich Helena, was Franzi am Telefon erfahren hatte.

„Mei, viel ham die net g'sagt, weißsch. Nur, dass se a Leich am Riesenrad g'funden ham." Franzi zuckte mit den Schultern. „Schau mer mal, was uns da erwartet."

Kurze Zeit später hielt der Streifenwagen vor einem der Eingänge zum Augsburger Plärrer. Kaum hatte Helena die Autotür geöffnet, schlug ihr bereits Volksfestlärm entgegen. Lautsprechermusik, Ansagerinnen, die zum Mitfahren einluden, das Grölen halbstarker Betrunkener ...

Helena seufzte. Ihr Blick glitt über den Festplatz, wo sich bunte Karusselle nebst gewaltigen Bierzelten dicht an dicht drängten. Direkt am Eingang drehte ein Kettenkarussell beschwingt seine Runden. Seltsam altertümlich wirkte es zwischen den anderen modernen, quietschbunten Attraktionen und war über und über mit Bildern von Augsburger Sehenswürdigkeiten bemalt. Offenbar wurde es von Einheimischen betrieben.

Helena mochte Kettenkarusselle. Als Kind hatte sie wohlbehütet neben ihrer Mutter Runde um Runde gedreht und wurde nicht müde, den Hamburger Dom von oben zu bestaunen. Auch hier gab es Doppelsitze für Elternteile mit Kind und Helena musste schmunzeln, als sie den aufgeregten Gesichtsausdruck eines kleinen Jungen in Lederhosen sah, der sich eng an seine Mama drückte, die Fahrt aber trotzdem sehr zu genießen schien. Seine Mutter hatte liebevoll ihren Arm um ihren Sprössling gelegt, um ihm ein Gefühl von Sicherheit zu geben. Mit der anderen Hand deutete sie auf Dinge, die sie dem Jungen zeigen wollte. Seifenblasen wurden aus einer Röhre geblasen und stiegen zwischen den Fahrenden auf.

„Willsch mal fahren?", fragte Franzi grinsend, der die Blicke ihrer Partnerin nicht entgangen waren, und stieß sie neckend in die Seite.

„Nein danke", wehrte Helena erschrocken ab. „Das Karussell hat mich nur an früher erinnert, das ist alles."

„Vielleicht ham mir ja später no Zeit, es zu fahren", sagte Franzi augenzwinkernd und deutete nach links. „Da drüben isch des Riesenrad, wie man unschwer erkennen kann. Lass uns nübergehen."

Während sich die beiden Kommissarinnen durch die Besuchermassen drängelten, sah Helena sich neugierig um. Der Plärrer war viel kleiner als der Hamburger

Dom, aber trotzdem war irgendwie alles da. Fressbuden, die Fritten, gekochten Mais oder Steckerlfisch verkauften, Süßigkeitenläden mit den obligatorischen gebrannten Mandeln, deren Geruch einem das Wasser im Mund zusammenlaufen ließ, Popcorn und Lebkuchenherzen, eine Geisterbahn, die, wie Helena zugeben musste, ihr als Kind immer fürchterlich Angst gemacht hatte und jetzt irgendwie gar nicht mehr schrecklich aussah, und natürlich Bierzelte.

Viele der Besucherinnen und Besucher waren in bayerischer Tracht gekleidet, traditionelle, beinahe knöchellange Dirndl, die hauptsächlich von älteren Frauen getragen wurden, aber auch die neumodischen Mini-Dirndl, die maximal bis zu den Knien reichten. Stilecht wurden dazu Schürzen aus Spitze, Baumwolle oder Seide getragen, die farblich zu den Kleidern passten. Viele der männlichen Plärrergänger trugen Lederhosen, wobei die meisten davon auch höchstens bis zum Knie reichten. Dazu trugen sie karierte Hemden, die gut zu den Hosen passten. An den Füßen schien das Traditionsbewusstsein vieler Besucher jedoch zu enden, trugen die jungen Burschen doch Chucks oder andere Sneaker anstelle der traditionellen Lederschuhe.

„Heut isch Trachtentag", erklärte Franzi, als die erstaunte Helena sie auf die vielen Dirndls aufmerksam machte. „Wobei i sagen muss, dass in den letschten Jahren immer mehr Leut au einfach so in Tracht kommen."

„Und ich dachte immer, ihr Augsburger wollt nicht besonders viel von der bayerischen Tradition wissen", entgegnete Helena schmunzelnd. Sie musste ihre

Stimme erheben, um über den Lärm hinweg gehört zu werden.

„A was", winkte Franzi ab, „mir suchen uns des aus, was uns g'fällt", erklärte sie augenzwinkernd. „Bier mög mer ja au ganz gern, weißsch?"

Das war Helena in der ganzen Zeit, die sie in Augsburg lebte, natürlich auch aufgefallen. In der Fuggerstadt gab es einige Brauereien, die ihre Köstlichkeiten in dazugehörigen Biergärten anboten. Franzi hatte Helena schon in einige davon geschleppt und inzwischen hatte sich die Hamburgerin sogar mit dem würzigen Getränk anfreunden können. Früher hatte sie Wein bevorzugt, doch an einem heißen Sommertag ein kühles Bier, dessen Glas in der Hitze beschlug ... Herrlich!

Als sie damals von Hamburg nach Augsburg gezogen war, hatte Helena fest mit einem durch und durch bayerischen Lebensstil gerechnet. Natürlich war ihr klar gewesen, dass die Bayern nicht jeden Tag in Tracht herumliefen, aber dass sich die Augsburger dermaßen vom restlichen Bayern unterschieden, vor allem was die Sprache anging, hatte sie doch sehr überrascht. Helena hatte im Fernsehen hin und wieder bayerischen Dialekt gehört und versucht, den Film „Brandner Kaspar" anzusehen. Es war bei dem Versuch geblieben, denn dieses Kauderwelsch war wirklich nicht zu verstehen gewesen. Sie hatte sogar nachgesehen, ob sie deutsche Untertitel anschalten konnte, was aber leider nicht geklappt hatte.

Als Helena im letzten Jahr die zweifelhafte Ehre gehabt hatte, den Polizeipräsidenten Niedermaurer bei seinem Präsidiumsbesuch herumzuführen, war sie das erste Mal live in Kontakt mit dem Bayerischen gekommen. Der Präsident sprach tiefstes Niederbayerisch, wie man es beispielsweise in München sprach. Die bayerische Hauptstadt war gerade mal 60 Kilometer von Augsburg entfernt und trotzdem unterschieden sich die Dialekte frappierend. Leider war der Augsburger Dialekt beileibe nicht einfacher zu verstehen als das bayerische …

„Oh, schau, die Leopardenschpur!", rief Franzi plötzlich begeistert. „Des war früher mei absolutes Lieblingskarussell!"

Helena folgte Franzis Blick und sah ein Fahrgeschäft, das sich schnell im Kreis drehte. Das schien alles zu sein, was es konnte, doch dem fröhlichen Quietschen der Mitfahrenden konnte man entnehmen, dass das durchaus auszureichen schien.

„Des müss mer mal zsam fahrn!", sagte Franzi grinsend und zog die kopfschüttelnde Helena weiter in Richtung Riesenrad an Losbuden und Imbissbuden vorbei. „Aber heut ham mer ja nen Fall, um den mer uns kümmern müssen, gell?" Helena nickte. Ihr kam der ganze Trubel völlig unpassend vor, wenn man bedachte, dass sich ganz in der Nähe ein Toter befand. Nach wie vor fiel es ihr schwer, sich mit dieser Seite ihres Berufs anzufreunden. Ein Mensch hatte sein Leben verloren und dennoch schien es irgendwie keinen wirklich zu kümmern, ganz nach dem Motto „The show must go on".

Plötzlich wurde Helena heftig angerempelt und verlor beinahe das Gleichgewicht.

„Schöne Frau", nuschelte ein junger Mann und schielte sie von der Seite an, „wohin desch Wegsch?"

Seiner verwaschenen Sprache und seiner Fahne nach zu urteilen, hatte er bereits mehrere Maßkrüge gelehrt.

„Ge, schausch, dass'd weitergehsch, du b'soffener Uhu, du b'soffener!", fuhr Franzi ihn grob an, woraufhin der Gescholtene eiligst den Rückzug antrat.

Helena musste schallend lachen. „Wenn ich dich nicht hätte, meine Retterin in der Not!"

„Ah, ge, solche Prachtexemplare findsch hier überall. Da mußsch aufpassen, dass die dich net vollkotzen. I war mal auf'm Oktoberfescht in München drüben und da hasch richtig Spießrutenlaufen müssen, damit keiner über di drüberreihert!"

Franzi lachte über Helenas angewiderten Gesichtsausdruck. „Wenn i dir nen Tipp geben darf: Solltsch du je nach München zum Oktoberfescht fahrn, dann geh vormittags hin, da isch des mit den B'soffenen no net so schlimm."

„Ich hab wirklich kein Bedürfnis, da jemals hinzufahren", sagte Helena schaudernd. „Wie ich vorhin schon sagte: Volksfeste sind eh nicht so mein Ding."

„Des verschteh i! Aber unser Plärrer isch scho toll, ge?"

Grinsend stimmte Helena ihr zu, wohlwissend, dass Franzi nichts auf ihr geliebtes Augsburg kommen ließ.

Vor dem Riesenrad, auf dem in riesigen beleuchteten Lettern der Schriftzug „Bavarian Princess" prangte, war ein Polizeiabsperrband gespannt worden und uniformierte Polizisten hatten alle Hände voll zu tun, neugierige Plärrergänger zu verscheuchen, die meinten, das Band würde ausgerechnet für sie nicht gelten.

Am Eingang wiesen die Kommissarinnen sich aus, woraufhin ein Polizist das Absperrband hochhielt und sie untendurch schlüpfen ließ.

„Wo isch denn die Leich?", fragte Franzi nach und der Mann deutete in Richtung Kabinen.

„Und wo sind denn die ganzen Fahrgäste?", hakte Helena nach. „Wir brauchen sämtliche Kontaktdaten zu Ermittlungszwecken."

„Wir haben bereits die Daten der Leute aufgenommen, gleich als wir angekommen sind. Leider kann ich nicht ausschließen, dass manche vorher gegangen sind."

„Danke für die Info." Helena und Franzi befolgten den Weg zwischen samtenen Absperrbändern, den sonst die Fahrgäste nahmen. Am Rand standen große Plastikvasen mit künstlichen Blumen und direkt vor dem Bereich, der zu den Kabinen führte, prangte ein riesiges, kitschiges Gemälde.

„Ah, die Sissi."

„Woher weißt du das jetzt?", fragte Helena Franzi irritiert.

„Na, des isch doch klar! Bei Bavarian Princess kann es sich doch nur um unsere Sissi handeln. Ihre Familie hat hier ganz in der Nähe ein Wasserschloss g'habt, in Unterwittelsbach. Da mußsch mal hinfahren! Da kann man sogar Kleider von ihr bewundern."

„Ich dachte immer, sie war Kaiserin von Österreich", sagte Helena stirnrunzelnd, deren Interesse für dynastische Geschichte sich in Grenzen hielt.

„Ja, sag mal, kennsch du die Sissi-Filme net, die jeds Jahr zu Weihnachten im Fernseh kommen?", fragte Franzi ehrlich entrüstet.

„Nicht wirklich", gab Helena zu. Ihre Mutter liebte die kitschigen Filme, aber ihrer Tochter war es bislang immer gelungen, einem gemeinsamen Ansehen der Filme zu entgehen.

„Du bisch wirklich a Baunause!", teilte Franzi ihr mit. „Die Sissi war a bayerische Prinzessin und isch durch die Heirat mit dem Franz-Josef Kaiserin von Öschterreich g'worden."

Forschend betrachtete Helena das kitschige Gemälde näher. Tatsächlich wies die Darstellung eine gewisse Ähnlichkeit mit der Schauspielerin Romy Schneider auf, von der sie wusste, dass sie die Hauptrolle in den Sissi-Filmen gespielt hatte.

„Hier rüber." Ein uniformierter Beamter erregte ihre Aufmerksamkeit und winkte sie heran, auf die unterste Kabine deutend, deren Türen weit geöffnet waren. Im Inneren kniete ein Mann vor einer Person, die seltsam verkrümmt auf einer der sich gegenüberliegenden Bänke saß.

„Ah, der Herr Doktor Lysander isch uns wieder mal zuvorkommen", sagte Franzi lächelnd, woraufhin sich der auf dem Boden kniende Mann zu ihnen umdrehte.

„Grüß Sie Gott, Frau Danner und Frau Hansen." Ächzend erhob er sich, wobei seine Knie vernehmlich knackten. Der großgewachsene Pathologe musste sich in der niedrigen Kabine bücken, um nicht an der Decke anzustoßen.

„Guten Tag, Doktor Lysander", begrüßte Helena den älteren Mann. „Was haben wir denn hier?" Sie deutete auf die zusammengekrümmte Person.

„A Leich, würd i sagen", schaltete sich Franzi grinsend ein, was von Helena mit einem Augenrollen quittiert wurde.

„In der Tat", stimmte der Pathologe der Augsburgerin schmunzelnd zu. „Der Mann ist vor nicht allzu langer Zeit verstorben. Der Rigor Mortis hat noch nicht eingesetzt, sehen Sie?" Er bückte sich und bewegte den Arm des Toten, der sich problemlos biegen ließ.

„Woran ist er denn gestorben?", fragte Helena, die in der Zwischenzeit ihr Notizbuch aus ihrer Tasche gekramt hatte und mit dem Stift in der Hand bereitstand.

„Bitte geben Sie mir kurz Zeit", bat der Pathologe. „Der Kollege, der mit dem Notarztwagen hier war, hat aufgrund der Wahrscheinlichkeit einer möglichen Fremdeinwirkung lediglich den Tod des Mannes eindeutig festgestellt. Mehr kann ich leider noch nicht genau sagen." Bedauernd hob der Arzt die behandschuhten Hände. „Also müssen sich die Damen leider noch einen Moment gedulden." Er drehte sich wieder zu dem Toten um und fuhr mit seiner Untersuchung fort.

Nachdem er den Körper leicht nach vorne gezogen hatte, sog er scharf die Luft zwischen den Zähnen ein. „Hier haben wir es, meine Damen." Er deutete auf den Rücken des Toten, auf dem ein großer Blutfleck zu sehen war, der nicht nur seine Jacke tränkte, sondern auch an der Rückwand der Kabine klebte, an die der Tote gelehnt hatte.

„Ganz offensichtlich Tod durch Fremdeinwirkung." Er lehnte den Toten vorsichtig wieder an die Wand und stieg hinter den Kommissarinnen aus der Kabine. „Ich lasse Ihnen meinen Bericht baldmöglichst zukommen."

Nachdem er seine Utensilien in der mitgebrachten braunen Ledertasche verstaut hatte, verabschiedete sich der Arzt und ging davon.

Inzwischen waren die Kollegen der SpuSi eingetroffen und machten sich daran, Spuren zu sichern. Helena sah am Rand einen älteren Mann, der auf einem Stuhl saß und den Kopf in die Hände stützte und begab sich zu ihm, während Franzi noch mit den weißgekleideten Kollegen der SpuSi sprach.

„Mein Name ist Hansen, Kripo", teilte sie ihm mit und hielt zur Bestätigung ihren Ausweis hoch.

„Denger", sagte der Mann. „Ich bin der Betreiber der ‚Bavarian Princess'."

„Haben Sie den Toten gefunden?", fragte Helena, während sie den Namen des Mannes in ihrem Notizbuch vermerkte.

„Nein, das war ne Mitarbeiterin. Sie wird dort hinten im Krankenwagen behandelt. Sie hat nen fürchterlichen Schock erlitten, müssen'S wissen."

Helena sah schräg hinter dem Riesenrad einen Krankenwagen stehen.

„Können Sie mir schon sagen, wann wir wieder öffnen dürfen?", fragte Herr Denger.

Helena zog die Augenbrauen hoch.

„Wissen'S, wir sind auf des G'schäft ang'wiesen! Jede Stunde weniger koschtet uns viel Geld", beeilte sich der Schausteller, seine Frage zu erläutern.

„Das kann ich Ihnen leider nicht genau sagen", sagte Helena bedauernd. „Erst wenn die SpuSi den Tatort freigibt, kann es für Sie weitergehen."

„Tatort?" Entsetzt sah der Mann hoch.

„Momentan sieht alles nach einem Gewaltverbrechen aus", teilte Helena ihm mit. „Kannten Sie den Toten vielleicht?"

Kopfschüttelnd verneinte Herr Denger die Frage.

„Ich danke Ihnen vielmals", sagte Helena und angelte eine Visitenkarte aus ihrer Tasche. „Wenn Ihnen noch etwas einfällt, rufen Sie mich bitte an."

„Das werd ich. Auf Wiederschauen!"

Helena ging zurück zu Franzi und erzählte ihr von ihrem Gespräch mit dem Schausteller.

„Dann lass uns mal nüber zum Sanka gehn. Vielleicht isch die Frau bereits wieder vernehmungsfähig", sagte Franzi hoffnungsvoll.

Kurze Zeit später standen die beiden vor dem Krankenwagen und klopften an die Tür.

„Ja bitte?" Ein älterer Sanitäter öffnete die Tür einen Spalt und sah die beiden Frauen fragend an.

„Danner und Hansen von der Kripo", sagte Franzi, während die beiden ihre Ausweise zückten. „Mir würden gerne mit der Frau sprechen, wenn des möglich isch."

„Kommen'S doch rein", sagte der Mann freundlich, öffnete die Tür weiter und machte den Kommissarinnen Platz, damit sie einsteigen konnten.

Eine blasse Frau mittleren Alters lag auf der Liege, einen Infusionsschlauch im Arm, und blickte den Helena und Franzi mit großen Augen entgegen.

„Sie sind von der Kripo?", flüsterte sie mit leiser Stimme. Offenbar hatte sie mitgehört, als die Kommissarinnen mit dem Sanitäter gesprochen hatten.

„Danner und Hansen", stellte Franzi sich und Helena vor.

„Milke", kam es leise zurück

„Frau Milke, fühlen Sie sich in der Lage, uns ein paar Fragen zu beantworten?", erkundigte sich Helena vorsichtig.

Tapfer nickte die kleingewachsene Frau, während ihr eine Träne die Wange hinunterlief. Die junge Sanitäterin, die neben der Frau saß und ihre Hand hielt, tupfte sie mit einem Taschentuch vorsichtig weg.

„Können Sie uns bitte beschreiben, wie Sie den Toten gefunden haben?"

„Ich kann eigentlich gar nicht viel sagen. Als die übliche Rundenzahl bei dem Durchgang des Riesenrads zu Ende war, hab ich die Gäste wie immer zum Aussteigen aufgefordert. Der Mann in Kabine 34 hat nicht auf meine Aufforderung reagiert. Da hab ich halt gedacht, dass der seinen Rausch ausschläft, und weil grad net viel los war bei uns, hab ich ihn noch ein paar Runden fahren lassen." Sie schluchzte laut auf. „Ich hab ja net ahnen können, dass der Mann tot ist."

Die Sanitäterin reichte ihr ein frisches Taschentuch und Frau Milke schnäuzte kräftig hinein.

„Was isch dann passiert?", hakte Franzi nach.

„Als wieder mehr los war, hab ich natürlich versucht, den Mann wachzurütteln. Dabei hab ich bemerkt, dass er sich net mehr rührt, und geatmet hat er auch nicht mehr." Erneut flossen Tränen über ihre Wangen. „Ich hab sofort beim Chef Bescheid gesagt und wir haben keinen mehr reingelassen. Bis alle anderen ausgestiegen waren, hat der arme Mann noch einige Runden fahren müssen. Ich wollt ihn ja da rausholen, aber Herr Denger hat gesagt, wir sollen nix anfassen."

„Das war auch richtig so“, beruhigte Helena sie. „Kannten Sie den Mann eigentlich?“

„Ich hab ihn noch nie zuvor gesehen.“ Bedauernd hob Frau Milke ihre Hände.

Helena reichte ihr ihre Karte. „Bitte rufen Sie uns an, wenn Ihnen noch etwas einfällt. Gute Besserung Ihnen.“ Die Kommissarinnen verabschiedeten sich und stiegen aus dem Krankenwagen. Franzi bestellte per Handy einen Streifenwagen, der sie abholen sollte.

„Ein Toter, der Karussell fährt …“, sagte Helena nachdenklich, während sie zum Abholort gingen.

„Des isch scho verrückt, so was!“, pflichtete ihr Franzi kopfschüttelnd bei. „Zum Glück hat der Betreiber gut reagiert, sonscht hätt’s am End no a Panik geben bei de Leit.“ Sie schüttelte den Kopf. „Wenn die g’wusst hätten, dass ne Leich mit ihnen mitfährt …“

„Es wird auf alle Fälle schwierig herauszubekommen, wer mit dem Toten in einer Kabine war“, sagte Helena seufzend. „Oder überhaupt herauszubekommen, wer zeitgleich im Riesenrad war. Zeugen, die das Opfer gesehen haben oder vielleicht gesehen haben, mit wem er eingestiegen ist …“

„Des wird g’wiss net einfach!“, stimmte Franzi der Einschätzung ihrer Kollegin zu. „Aber wenn’s jemand schafft, dann doch mir zwei, ge?“ Grinsend hakte sie sich bei Helena unter.

„Du mit deinem unerschütterlichen Optimismus“, erwiderte Helena lachend.

„Einer muss ja positiv denken, net wahr?“ Die Augsburgerin zwinkerte verschmitzt.

Insgeheim musste Helena ihrer Partnerin natürlich recht geben. Sie war von Haus aus eher pessimistisch veranlagt, weswegen sie Franzis unerschütterlicher Optimismus immer wieder überraschte. Zugegebenermaßen hatte Franzi recht ... Was brachte es schon, immer vom Worst Case auszugehen, außer dass man automatisch miese Laune bekam? Helena hatte im Lauf ihrer Zeit in Augsburg festgestellt, dass die gelassene Herangehensweise ihrer Kollegin durchaus auf sie abzufärben begann, obwohl sie nie gedacht hätte, dass man sich in diesem Punkt tatsächlich ändern konnte. Sie wusste aber, dass ihr das wirklich guttat.

„Da isch er wieder", sagte Franzi und winkte dem Streifenwagen zu, der die Straße herunterfuhr.

„Habt's ihr mir Mandeln mitbracht?", brummte Schorsch, kaum dass die beiden Frauen eingestiegen waren.

„Leider nicht", sagte Helena bedauernd.

„Schade, aber meim Ranzen hätt des eh net guttan", erwiderte der beleibte Polizist augenzwinkernd, während er mit der rechten Hand liebevoll die ausladende Leibesmitte tätschelte.

Auf dem Rückweg erzählte Schorsch ihnen den neuesten Klatsch und Tratsch aus dem Präsidium. Müde lehnte Helena sich zurück und ließ das Gespräch an sich vorbeiplätschern. Inzwischen war Feierabend und sie würde vom Präsidium aus bald nach Hause fahren. Eigentlich musste sie sich nur noch die eingepackte Pizza aus dem Kühlschrank schnappen. Viel Hunger hatte sie nicht, aber dann würde sie wenigstens später nicht mehr kochen müssen.

Der Beamte lieferte die beiden Kommissarinnen am Präsidium ab, bevor er weiter auf Streife fuhr.

„Du, Lena“, sagte Franzi gähnend auf dem Weg hoch ins Büro, „i glaub, i pack's au glei. Den Bericht könn mer doch au morgen schreiben, oder?“

„Auf jeden Fall“, pflichtete Helena ihr bei. „Mir schwirrt eh schon der Kopf von dem vielen Getippe heute Nachmittag. Ich wollte auch gleich los.“

„Kannsch es wohl gar nimmer erwarten, zu deim Nick zu kommen, ge?“, sagte Franzi grinsend, sie neckisch in die Seite stupsend.

„Ja, schon“, gab Helena lächelnd zu. Seit über einem Jahr war sie mit dem Potsdamer liiert, der in Augsburg ebenfalls eine neue Heimat gefunden hatte. Eine Welt ohne ihn vermochte sie sich gar nicht mehr vorzustellen.

„I freu mi jedenfalls, dass du so glücklich bisch, Lena.“

Inzwischen hatten sie ihr Büro erreicht und Franzi angelte ihren quietschgrünen Fahrradhelm vom Garderobenständer. Dankbar lächelte Helena ihr zu. Sie umarmte ihre Partnerin zum Abschied und packte ihre Sachen zusammen.

Zehn Minuten später bog sie mit ihrem Auto bereits in die Tiefgarage ihres Wohngebäudes ab.

Sie freute sich schon auf einen gemütlichen Abend mit ihrem Freund. Die restliche Pizza konnte sie mit einem großen Salat strecken und schon reichte die Mahlzeit für zwei. Der Aufzug trug sie geschwind nach oben und Helena schloss ihre Wohnungstür auf.

„Nick?“, rief sie in die Wohnung. Obwohl sie in zwei verschiedenen Wohnungen lebten, hielt sich ihr Freund doch die meiste Zeit bei Helena auf. Es war nur noch eine Frage der Zeit, bis sie eine der Wohnungen aufgaben.

„Nick? Ich bin zu Hause!" Helena streckte den Kopf ins Wohnzimmer, fand aber niemanden vor. „Nick?"

Merkwürdig, auch in den anderen Zimmern war er nicht zu finden. Vielleicht hatte er ihr eine Nachricht hinterlassen? Sie angelte ihr Handy aus der Tasche und stellte enttäuscht fest, dass es leider nichts Neues gab.

Er würde sich wohl auch verspäten. Na ja, da konnte sie ebenso gut damit anfangen, das Abendessen vorzubereiten. Zuerst schlüpfte Helena in bequemere Klamotten. Ihre Jeans war wirklich schön, doch verteufelt eng. Auch die hellblaue Bluse wanderte zurück in den Schrank, nachdem Helena sich davon überzeugt hatte, dass man sie noch einmal tragen konnte, bevor sie in die Wäsche musste. Stattdessen schlüpfte sie in bequeme Leggings und einen übergroßen Pullover, den ein bezauberndes Strickmuster zierte. An den Füßen trug sie selbst gestrickte Wollsocken von Franzis Tante Lotte, die zwar eine gewagte Farbkomposition aufwiesen, aber himmlisch warm waren. Anschließend begab sie sich in die Küche, schnitt Salat, Tomaten und Gurken in Stücke und gab alles mit feinen Kräutern in eine große Schüssel und fügte das Dressing hinzu.

Ein Blick auf die Uhr sagte ihr, dass Nick mehr als spät dran war. Helena begann sich ernsthaft Sorgen zu machen. Ihr Handy blieb nach wie vor stumm und sie beschloss, erst in seiner Wohnung nachzusehen, bevor sie ihn anrief. Vielleicht war er ja einfach nur auf der Couch eingenickt.

Entschlossen schnappte sie sich Nicks Wohnungsschlüssel mit dem herzförmigen Anhänger, den er ihr auf ihrer gemeinsamen Reise in Potsdam gekauft hatte, und verließ ihre Wohnung. Ihre Tür ließ sie angelehnt, sie musste ja nur den Gang runter. Sie betätigte die Klingel und wartete kurz, da sie es sich einfach nicht angewöhnen konnte, unangekündigt in seiner Wohnung zu erscheinen, auch wenn Nick ihr schon gefühlt hundert Mal gesagt hatte, dass das nicht nötig sei. Sie war das jedoch von zu Hause gewohnt. Wenn sie ihre Eltern besuchte, klingelte sie auch immer, bevor sie aufsperrte.

Gerade als sie den Schlüssel ins Schloss stecken wollte, öffnete sich die Tür.

„Nick", sagte Helena überrascht. „Du bist ja da."

„Wo soll ich denn sonst sein?", brummte ihr Freund ungehalten.

Helena zog überrascht die Brauen hoch. Was war das denn für eine seltsame Reaktion?

„Ich hab mir halt Sorgen gemacht, das ist alles." Sie lief einen Schritt auf ihn zu, um ihn zur Begrüßung zu küssen. Zu ihrem Erstaunen wich er ihr aus. Verunsichert trat sie einen Schritt zurück und sah zu ihm hoch. Nick war doch immer so liebevoll. Was war nur mit ihm los?

„Kommst du zum Essen?"

Warum wich er ihrem forschenden Blick aus? Helenas Magen zog sich vor Sorge schmerzhaft zusammen.

„Heute nicht, ok? Ich bin echt müde." Er beugte sich nach vorne und gab ihr einen kaum spürbaren Kuss auf die Wange, bevor er seine Wohnungstür wieder zuzog und die sprachlose Helena davor zurückließ.

Eine kurze Weile starrte sie noch auf die Wohnungstür. Bestimmt würde er sie gleich wieder öffnen! Sicher hatte er sich nur einen Scherz mit ihr erlaubt ...

Als nichts dergleichen geschah, lief Helena mit hängenden Schultern in ihre Wohnung zurück. Sie setzte sich an den Küchentisch, den sie liebevoll für zwei gedeckt hatte, und vergaß vor lauter Grübeln ihren Salat und die Pizza. Hunger hatte sie sowieso keinen mehr. So kannte sie Nick gar nicht. Er hatte sich ihr gegenüber immer mehr als aufmerksam und liebevoll verhalten. Ihm musste wohl eine Riesenlaus über die Leber gelaufen sein! Andererseits war sie selbst ja auch nicht immer nur gut gelaunt. Ihre Arbeit war manchmal mehr als stressig und Helena war mehr als einmal gereizt nach Hause gekommen. Das würde es sein! Vermutlich hatte er Ärger mit einem Kunden oder einem Lieferanten gehabt oder er hatte einfach einen total anstrengenden Tag hinter sich und wollte nur noch seine Ruhe.

Obwohl sie es schade fand, dass er sie nicht an seinen Gefühlen teilhaben ließ, beruhigte sie der Gedanke augenblicklich. Sie konnte sich sogar dazu bringen, ein paar Bissen von dem knackigen Salat zu nehmen. Die restliche Pizza ließ sie im Kühlschrank. Die würde sie morgen mit ins Büro nehmen und mittags essen.

Nach dem Essen setzte sich Helena auf ihr Sofa, um fernzusehen. Ohne Nick machte das gar keinen Spaß mehr, gestand sie sich seufzend ein. Es war doch viel unterhaltsamer, sich zusammen einen Film anzusehen. Heute wurde das nichts mehr. Helena angelte nach der Fernbedienung und schaltete den Fernseher aus. Obwohl es noch viel zu früh war, machte sie sich bettfertig. Dann würde sie eben noch lesen.

Als sie zwei Stunden später ihre Nachttischlampe ausknipste, war sie endlich müde genug, um einzuschlafen. Das unangenehme Gefühl im Bauch blieb.

2.

Nach einer unruhigen Nacht saß Helena am nächsten Morgen mit brummenden Schädel am Esstisch in der Küche. Lustlos stocherte sie in ihrem Müsli. Ihre Gedanken kreisten immer noch um die unschöne Szene mit Nick vom Vortag. Seufzend räumte sie ihr Geschirr in die Spülmaschine und packte ihre Tasche fürs Präsidium. Gerade noch rechtzeitig fiel ihr die übrig gebliebene Pizza im Kühlschrank ein und auch sie wanderte gut verpackt in ihre Tasche. Anschließend verließ Helena ihre Wohnung. Ihre leise Hoffnung, Nick im Gang zu begegnen, erfüllte sich nicht. Wahrscheinlich war er sowieso schon längst in seinem Laden auf dem Stadtmarkt.

Vor dem Haus sperrte sie ihr Fahrrad auf. Sie hatte sich vorgenommen, sich heute mehr Bewegung zu gönnen. Ein Blick in den Himmel sagte ihr, dass sie einen weiteren wunderschönen Herbsttag erwarten durfte, und die frische Luft würde ihr guttun. Tatsächlich fühlte sie sich nach der kurzen Fahrt zur Arbeit wesentlich beschwingter.

Als sie ihr Gefährt abstellte, fiel ihr Blick auf Franzis quietschgrünes Zweirad und musste grinsen. Während sie ein modernes Mountainbike fuhr, kam Franzi Tag für Tag mit ihrem altertümlichen Vehikel zur Arbeit.

Vorne am Lenker war ein geflochtener Korb angebracht, um den sich liebevoll Kunstblumen rankten.
Der inzwischen etwas ausgefranste Wimpel, der hinten
in die Höhe ragte, zeigte das Banner der Naturfreunde
Augsburg.

Auf dem Gang kurz vor ihrem Büro begegnete sie ihrer Kollegin, die zwei große dampfende Tassen vor sich
her balancierte.

„Morgen, Lena. Mensch, des trifft sich gut", begrüßte
Franzi sie zufrieden. „I hab ne neue Kräutermischung
für uns zum Ausprobieren."

„Guten Morgen, Franzi", sagte Helena und öffnete ihrer Partnerin die Bürotür. „Da bin ich ja mal gespannt."

Sie legte ihre Garderobe ab und setzte sich an ihren
Schreibtisch, auf dem bereits eine der großbäuchigen
Tassen auf sie wartete. Genießerisch sog sie den würzi-
gen Geruch tief ein. „Hmmm, wie das duftet!"

„Und was riechsch du genau?", fragte die passionierte
Kräuterhexe grinsend.

„Mal sehen." Tief sog Helena das Aroma ein. „Definitiv Minze", ein zufriedenes Nicken bestätigte ihre Ahnung, „außerdem meine ich, Thymian auszumachen."
Erneutes Nicken. „Hast du vielleicht Zitrone reingege-
ben?"

„Zitronenverbene", sagte Franzi stolz. „Hab ich dieses
Jahr neu in meinem Garten."

Vorsichtig nippte Helena an dem heißen Getränk.
„Schmeckt wirklich lecker", sagte sie anerkennend.

„Und weckt die Lebensgeister", erwiderte Franzi zufrieden.

Franzi liebte es, mit Kräutern zu experimentieren. Sie
setzte selbst Salben und Tinkturen an und versorgte

ihre ganze Familie damit, allen voran ihre betagte, aber rüstige Tante Lotte, die in der Pfalz wohnte. Lotte schwor auf Franzis Kräuterprodukte und betonte stets, dass sie nur deswegen so gesund war, wie Franzi gerne und ausschweifend berichtete.

Auch Helena teilte ihr Interesse an Kräuterheilkunde, war auf dem Gebiet aber bei Weitem nicht so bewandert wie ihre Augsburger Kollegin. Hin und wieder lud Franzi sie daher zum Salbenmachen ein, was von Helena gerne angenommen wurde.

„Lass uns mal nachdenken, was heute so ansteht", sagte Helena. Die Kommissarinnen hatten sich angewöhnt, jeden Morgen die anstehende Arbeit für den Tag gemeinsam durchzusprechen und aufzuteilen.

„Na ja, auf alle Fälle müss mer den Bericht über die Plärrerleiche schreiben", erwiderte Franzi, während sie ihren PC hochfuhr.

„Genau, damit fangen wir am besten an", stimmte Helena zu und zog ihr Notizbuch aus der Tasche.

Die nächsten beiden Stunden verfassten die Kommissarinnen gemeinsam den Bericht über ihren Ermittlungsstand und leiteten ihn anschließend per Intranet ihrem Chef, Kriminalhauptkommissar Meier, weiter. Als sie damit fertig waren, stellten sie überrascht fest, dass von der SpuSi bereits eine Nachricht vorlag. Bei der Leiche war ein Portemonnaie gefunden worden. Es handelte sich bei dem Toten um einen gewissen Salvatore Bernardi, einen 42-jährigen gebürtigen Italiener. Die genauen Befunde der pathologischen Untersuchung lagen zu diesem Zeitpunkt jedoch noch nicht vor und würden baldmöglichst nachgereicht werden.

„Kein Eintrag im Vorstrafenregister", teilte Helena ihrer Partnerin mit, nachdem sie den Namen in ihren PC eingetippt hatte.

„Laut Eintrag im Standesamt war er verheiratet und hat zwei Kinder", gab Franzi die Ergebnisse ihrer Recherche bekannt und lehnte sich seufzend zurück. „Des heißt, mir müssen mal wieder schlechte Nachrichten überbringen."

„Das ist das Allerschlimmste an dem Job", sagte Helena mit gerunzelter Stirn. Trotz der psychologischen Schulungen, die die Beamtinnen in ihrer Ausbildung erhalten hatten, fiel ihnen das Überbringen solcher Nachrichten an die Angehörigen immer noch sehr schwer.

Helena radelte kurz heim, um ihr Auto zu holen. Kurze Zeit später saßen die beiden Frauen in ihrem Audi und fuhren zu der angegebenen Adresse. Sie verließen die Schnellstraße, die quer durch die Stadt führte, und bogen in den Augsburger Stadtteil Bärenkeller ab. Hierhin hatte es Helena bis dato noch nicht verschlagen, daher sah sie sich neugierig um. Ältere Einfamilienhäuser reihten sich die Straße entlang aneinander. Die Vorgärten wirkten größtenteils gepflegt und hohe Kastanienbäume, die längs der Straße gepflanzt waren, spendeten Schatten. Auf einem großen Fußballplatz trainierten gerade ältere Herren und kämpften um den kleinen Lederball. Sogar ein Freibad gab es hier. Alles in allem wirkte der Stadtteil irgendwie in die Jahre gekommen, was aber einen gewissen Charme in sich barg.

„Sag mal, gab's hier früher wirklich Bären oder warum heißt der Stadtteil so komisch?", fragte sie Franzi, die sich mit Augsburger Belangen normalerweise gut auskannte.

Die enttäuschte sie auch diesmal nicht. „Ne, der Name kommt tatsächlich net von irgendwelchen Bären, au wenn's früher des Gerücht scho gab. Tatsächlich gab's in Oberhausen im Mittelalter eine Gaststätte, wo Mönche ihr selbst gebrautes Bier verkauft ham, und die hieß ‚Zum Goldenen Bären'. Die ham ihr Bier aber net dort lagern können, also hat ma a bissl weiter stadtauswärts nen Keller gegraben, wo man des Bier g'lagert hat, um's frisch zu halten."

„Ach so", sagte Helena. „Das macht Sinn. Toll, was du alles immer weißt!"

Bescheiden winkte Franzi ab.

Das Navi zeigte an, dass sie ihr Ziel erreicht hatten, und Helena hielt vor einem schmucken Haus an, das rein optisch nicht wirklich in diese Gegend passte. Säulen im toskanischen Stil zierten den Eingangsbereich des weiß gestrichenen Neubaus und trugen das Vordach. In der Einfahrt stand ein kleiner roter Alpha-Romeo-Flitzer neben einem großen schwarzen SUV. Ein Stahlzaun mit Schmuckelementen umrahmte den Vorgarten, in dem neben riesengroßen Hortensien auch wunderschöne Gräser standen, die sich sacht im Wind wogen. Über der Klingel war eine Kamera angebracht, deren Licht sofort anging, nachdem Franzi den Knopf betätigte.

„Ja, bitte?", kam eine weibliche Stimme aus der Anlage.

„Danner und Hansen von der Kripo Augsburg", stellte Helena sich und ihre Kollegin vor und hielt ihren Ausweis vor die Linse. „Wir würden gerne mit Frau Bernardi sprechen."

Es knackte in der Leitung und gleich darauf summte der Türöffner. Als die Kommissarinnen auf das Gelände traten, öffnete sich auch schon die Haustür. Eine elegant gekleidete Frau Mitte dreißig sah ihren Besucherinnen besorgt entgegen.

„Bringen Sie Nachrichten von meinem Mann?", fragte sie mit deutlich hörbarem fremdländischen Akzent. Ihre Stimme zitterte.

„Sind Sie Frau Bernardi?", fragte Helena nach, was die zierliche, dunkelhaarige Frau mit einem hektischen Nicken beantwortete.

„Können wir vielleicht reingehen, Frau Bernardi?", bat Helena.

„Naturalmente ... Äh, ich meine, natürlich. Bitte kommen Sie doch herein."

Frau Bernardi trat einen Schritt zur Seite, um den Kommissarinnen Platz zu machen. Kurz darauf standen sie in einem großzügig geschnittenen Wohnzimmer, von dem aus eine offene Küche abging. Der Boden war mit teurem Marmor belegt und hohe Fenster offenbarten einen großen Garten, in dem eine derzeit verwaiste Schaukel und ein Sandkasten standen.

„Bitte setzen Sie sich doch." Frau Bernardi wies einladend auf die weiße Designercouch. „Darf ich Ihnen etwas zu trinken anbieten? Einen Cappuccino vielleicht oder lieber einen Espresso?"

„Nein, vielen Dank. Bitte setzen Sie sich doch zu uns", bat Helena die Italienerin freundlich.

Die junge Frau setzte sich an den Rand des Sofas und knetete nervös ihre Hände, während sie die Kommissarinnen ängstlich anblickte.

„Frau Bernardi, wir haben leider eine traurige Mitteilung für Sie. Ihr Mann, Salvatore, wurde gestern am späten Nachmittag auf dem Plärrer tot aufgefunden."

Alle Farbe wich aus dem Gesicht der Frau. Mit großen Augen sah sie von Franzi zu Helena.

„Salvatore ist tot?", flüsterte sie entsetzt und griff sich mit beiden Händen an die Brust.

„Leider ja", bestätigte Franzi ihre Worte. Sie rückte näher an Frau Bernardi heran und nahm deren Hand zwischen ihre.

„Es tut uns schrecklich leid, Frau Bernardi. Zum jetzigen Zeitpunkt deutet alles drauf hin, dass ihr Mann einem Gewaltverbrechen zum Opfer g'fallen isch", sagte Franzi ernst.

Überrascht nahm Helena zur Kenntnis, dass die Italienerin diese Nachricht wesentlich gefasster aufnahm, als sie erwartet hatte.

„Wie genau ist er denn gestorben?", fragte Frau Bernardi mit zittriger Stimme nach.

„Zum jetzigen Zeitpunkt können wir dazu leider noch nicht viel sagen. Wir müssen das Ergebnis der Pathologie abwarten", sagte Helena bedauernd.

„Wann wird der Leichnam meines Mannes freigegeben?"

„Auch da müssen wir abwarten, was die Pathologie sagt. Normalerweise dürfte sich das nicht unnötig in die Länge ziehen", erklärte Helena.

„Mir geben Ihne auf alle Fälle glei B'scheid, wenn sich was tut", versprach Franzi und tätschelte die Hand der jungen Frau.

„Frau Bernardi, hatte Ihr Mann Ärger mit jemandem? Irgendwelche Streitereien?", fragte Helena.

Stumm schüttelte die Befragte den Kopf und zuckte mit den schmalen Schultern. Plötzlich sah sie auf. „Wie soll ich das nur meinen kleinen Mädchen beibringen?" Tränen schossen aus ihren Augen und tiefe Schluchzer bahnten sich ihren Weg.

„Wo sind die beiden denn?", fragte Helena nach.

„Giovanna und Claudia sind im Kindergarten. Ich muss sie in einer halben Stunde dort abholen."

„Haben Sie Familie in der Nähe? Jemanden, der das für sie erledigen kann?"

Tapfer schüttelte die junge Frau den Kopf. „Nein, nein, das muss ich selbst machen. Meine Bambina warten doch auf mich."

Frau Bernardi zog ein weißes Stofftaschentuch aus ihrem Ärmel und wischte sich energisch über die Augen. Dann stand sie abrupt auf. „Ich danke Ihnen, dass Sie vorbeigekommen sind. Wenn Sie mich jetzt entschuldigen würden?"

Die Kommissarinnen sahen sich fragend an und erhoben sich ebenfalls.

„Wir könnten Ihnen jemanden vorbeischicken, der sich mit Ihnen und Ihren Kindern zusammensetzt und Ihnen dabei hilft, Ihren Verlust zu überwinden", bot Helena an.

„Nein danke", wehrte Frau Bernardi das Angebot ab. „Ich komme schon zurecht."

Sie begleitete die Kommissarinnen bis zum Ausgang und verabschiedete sich knapp, bevor sie die Tür hinter sich ins Schloss zog.

„Seltsam", sagte Franzi nachdenklich, während sie Helena die wenigen Schritte zum Auto folgte.

Helena zuckte mit den Schultern. „Jeder hat eben seine eigene Art, mit schlimmen Nachrichten umzugehen."

„Trotzdem hat's die Frau echt eilig g'habt, uns zwei loszuwerden."

Sie stiegen ein und fuhren zurück ins Präsidium. Dort angekommen, machten sie erst mal zusammen Mittagspause. Helena aß ihre übrig gebliebene Pizza vom Vortag, während Franzi ein großes mitgebrachtes Sandwich verdrückte.

„Eier mit frischer Kresse und Avocadoschnitze", verkündete sie zwischen zwei Bissen. „So lecker!"

Obwohl Helena Pizza liebte, konnte sie an ihrer Mahlzeit keinen großen Gefallen finden. Zu sehr erinnerte sie das Essen an den Vorfall mit Nick gestern.

„Sag mal, isch was?", fragte Franzi plötzlich.

„Nein, wie kommst du darauf?" Helena hatte keine Lust, den gestrigen Abend mit ihrer Freundin durchzukauen. Am liebsten wollte sie das alles vergessen und der Sache keine große Bedeutung zugestehen.

„Du schausch gar so griesgrämig drein, wie du da an deiner Pizza rummümmelsch", erklärte Franzi und schob sich den letzten Bissen in den Mund.

„Nein, alles ok."

Helena stand auf, um das Geschirr in die Kaffeeküche den Gang runter zu bringen. So konnte sie Franzis prüfenden Blicken zumindest für kurze Zeit entgehen. Als sie zurückkam, saß ihre Kollegin bereits wieder am Computer.

„Hasch du dir scho Gedanken gemacht, wie wir jetzt weiter vorgehen sollen?" Franzi sah sie fragend an.

Helena setzte sich an ihren Arbeitsplatz und griff nach ihrem Notizbuch. „Hm, viel wissen wir leider wirklich nicht", sagte Helena seufzend. „Da wäre die Liste, die die Kollegen, die gestern als Erstes vor Ort waren, mit den Adressen der Leute, die aus dem Riesenrad kamen, angefertigt haben. Vollständig ist die mit Sicherheit nicht."

„Ne, sicher net", stimmte Franzi ihr zu. „Die vom Riesenrad ham die Leut ja schon aussteigen lassen, bevor die Kollegen vor Ort waren."

„Trotzdem müssen wir die Liste durchgehen und fragen, ob jemand etwas Ungewöhnliches bemerkt hat", stellte Helena fest, was von ihrer Kollegin mit einem Kopfnicken quittiert wurde.

„Dann müss mer uns natürlich mit dem persönlichen Umfeld des Opfers befassen. Seine Arbeit, Freunde und Bekannte …", erweiterte Franzi die Liste.

„Der SpuSi-Bericht sollte auch heute noch reinflattern. Vielleicht finden wir da einen Anhaltspunkt", bemerkte Helena hoffnungsvoll.

„Vielleicht …", sagte Franzi skeptisch. „Bei den vielen Menschen, die da ein und aus gehen, hab i da aber fei nur wenig Hoffnung."

„Lass uns einfach die Namen aufteilen und damit anfangen, ok? Vielleicht schaffen wir es heute noch, alle abzutelefonieren", schlug Helena vor.

„So mach mer's."

Nachdem sie damit fertig waren, hatte jede der beiden Kommissarinnen knapp zwanzig Leute zu bearbeiten. Sie machten sich an die Arbeit.

Vier Stunden später lehnte sich Helena mit einem tiefen Seufzer nach hinten. „Puh, ich kann nicht mehr“, klagte sie. „Ich glaube, ich habe schon Fusseln um den Mund vor lauter Telefonieren.“ Gierig trank sie einen großen Schluck Wasser.

Franzi streckte sich ausgiebig, bevor auch sie sich in ihrem Bürostuhl zurücklehnte und leicht vor und zurück wippte. „I find so was au ätzend. Du telefoniersch dir die Finger wund und findsch doch nix Gscheits raus!“ Hoffnungsvoll sah sie ihre Kollegin an. „Oder hat sich bei dir was Neues ergeben?“

Helena verneinte. „Ich hab die meisten Leute erreichen können, aber bisher ist niemandem etwas aufgefallen.“

„Bei mir des gleiche in Grün“, bemerkte Franzi seufzend. „Wie au? Auf nem Volksfescht achtet man halt au net wirklich auf die anderen Menschen, die des gleiche Fahrgeschäft benutzen. Warum au?“ Sie zuckte so heftig mit den Schultern, dass ihr der Träger ihrer geliebten Latzhose herunterrutschte.

„Wenn es erst in der Gondel zum Streit zwischen unserem Opfer und seinem Mörder kam, muss das ja auch nicht zwangsläufig jeder mitkriegen, oder?“

„Ne, die Gondeln sind ja relativ weit voneinander entfernt. Des kann also scho sein, dass man nix hört oder au nix mitkriegt von der Nebengondel.“ Nach mehreren erfolglosen Versuchen schaffte es Franzi endlich, ihren Träger wieder nach oben zu befördern. „Hab i di, du Schlingel."

Helena musste grinsen. Sie hatte sich inzwischen an Franzis seltsamen Modegeschmack gewöhnt, konnte sich selbst aber unter keinen Umständen vorstellen, mit Latzhose und Schlabbershirt ins Präsidium zu gehen. Sie trug meistens eine Bluse und einen Blazer, von denen sie eine relativ große Auswahl besaß.

„I glaub, i pack's jetzt, Lena." Franzi schaltete ihren PC aus und erhob sich. „Der Waschtl wartet bestimmt scho auf sei Frauchen und hat nen Mordskohldampf."

„Dann darfst du ihn aber nicht warten lassen", sagte Helena schmunzelnd. Das Ungetüm von Hund, das Franzi ihr Eigen nannte, fraß sicher riesige Mengen.

„Gehsch du no net?"

„Doch, gleich. Ich will nur noch die letzten drei Nummern anrufen, dann mach ich auch Schluss für heute."

„Ja, es reicht echt. Pfiat di, Lena." Franzi winkte ihr vergnügt zu.

„Tschüss, Franzi."

Seufzend nahm Helena wieder die Liste zur Hand und fing an zu telefonieren.

Als sie eine halbe Stunde später fertig war, war sie mit ihren Ermittlungen kein Stück vorangekommen. Auch die letzten drei Zeugen hatten nichts Ungewöhnliches mitbekommen.

Sie schaltete gerade ihr Schreibtischlicht aus, als das Telefon auf Franzis Schreibtisch klingelte. Helena beugte sich nach vorne und schnappte sich den Hörer. „Hansen."

„Ah, Frau Hansen, da bin ich aber froh, dass ich noch jemanden erreiche“, sagte eine freundliche Stimme.

„Dr. Lysander! Schön, von Ihnen zu hören!“ Helena hatte die sonore Stimme des Pathologen sofort erkannt.

„Ich hatte schon befürchtet, dass ich niemanden mehr antreffe.“

„Sie haben Glück, Doktor Lysander. Ich war gerade dabei zu gehen. Was kann ich für Sie tun?“

Der Doktor lachte leise. „Wohl eher, was kann *ich* für *Sie* tun …“

„Sagen Sie nur, Sie haben …“

„… den Autopsiebefund, richtig.“

„Wow“, entfuhr es Helena. „Da waren Sie aber richtig schnell!“

„Man tut, was man kann, Frau Hansen.“

Das Rascheln am anderen Ende der Leitung verriet Helena, dass der Pathologe in seine Unterlagen sah.

„Folgendes konnte ich bei der Autopsie feststellen: Das Opfer ist an einer einzelnen Stichverletzung gestorben. Die Waffe ist von hinten zwischen zwei Rippen eingetreten und hat die Lunge verletzt. Dabei ist auch eine Arterie getroffen worden, die starke innere Blutungen zur Folge hatte. Durch den Stich in die Lunge ist der rechte Lungenflügel kollabiert. Ursächlich tödlich war jedoch die innere Blutung.“

„Wie lange hat es wohl gedauert, bis der Tod eintrat?“, fragte Helena nach.

„Hm, schwer zu sagen. Das Opfer war aufgrund des Blutverlustes mit Sicherheit nach kürzester Zeit bewusstlos. Es könnte trotzdem knapp eine halbe Stunde gedauert haben, bis sein Herz stehen blieb.“

„So lange!“, wunderte sich Helena.

„Das ist natürlich nur ein Schätzwert, Frau Hansen. So genau lässt sich das leider nicht feststellen.“

„Heißt das, wenn man ihn rechtzeitig gefunden hätte, hätte man ihn womöglich noch retten können?“ Helena dachte daran, wie die Riesenradangestellte angenommen hatte, dem vermeintlich Betrunkenen einen Gefallen zu tun, als sie ihn hatte weiterfahren lassen. Vielleicht könnte Herr Bernardi noch leben, wenn sie rechtzeitig reagiert hätte?

„Das denke ich eher nicht“, machte Dr. Lysander Helenas Überlegungen gleich wieder zunichte. „Selbst wenn er rechtzeitig gefunden worden wäre, hätte man umgehend eine Not-OP einleiten müssen und auch dann wäre die Blutung wohl nicht rechtzeitig gestoppt worden.“

„Können Sie schon Genaueres zur Tatwaffe sagen?“

„Bei der Tatwaffe handelt es sich um einen spitzen Gegenstand, der etwa 20 Zentimeter tief in den Körper eingedrungen ist“, antwortete der Pathologe.

„Ein Messer?“, hakte Helena nach.

„Wahrscheinlich. Es gibt nur eine kleine Eintrittswunde, was zu einem spitzen Messer passen würde.“

Helena seufzte. „Leider haben wir am Tatort keine Waffe gefunden.“

„Dafür haben wir etwas anderes ...“

Die Kommissarin wurde neugierig. „Nun sagen Sie schon!“

„Ich konnte fremde DNA unter seinen Fingernägeln sicherstellen, weshalb ich vermute, dass er versucht hat, sich zu wehren. Ich habe sie zur Analyse ins Labor geschickt.“

„Na immerhin!", freute sich Helena. „Gut gemacht, Dr. Lysander!"

„Ich habe nur meinen Job erledigt, Frau Hansen", wehrte der Arzt bescheiden ab.

„Trotzdem danke ich Ihnen herzlich. Sie haben uns ein gutes Stück weitergeholfen!"

„Gern geschehen. Den Bericht habe ich Ihnen gerade per E-Mail weitergeleitet. Bitte grüßen Sie Ihre Kollegin von mir."

„Mach ich. Vielen Dank noch mal und auf Wiederhören."

„Auf Wiederhören, Frau Hansen."

Helena legte den Hörer auf und rieb sich nachdenklich über die Nase. Dann kramte sie ihr Notizbuch zurück aus der Tasche, wo sie es bereits verstaut hatte, und machte sich Aufzeichnungen über das Gespräch mit dem Pathologen.

Ein Blick auf die Uhr ließ Helena erkennen, dass es schon beinahe neunzehn Uhr war. Nick würde sich erschrecken, weil sie noch nicht zu Hause war! Eilig nahm sie ihr Handy zur Handy, um ihm eine Nachricht zu schreiben, als sie bemerkte, dass er ihr bereits vor einer Stunde geschrieben hatte. Sie hatte das Geräusch der eingehenden Nachricht wohl wegen ihres Telefonats mit Dr. Lysander überhört.

Schnell überflog sie die Nachricht:

Hallo, bin gleich zu mir heim. Bin hundemüde. Lass uns morgen sprechen. LG Nick

Enttäuscht ließ Helena ihr Handy sinken. Nick wollte sie schon wieder nicht sehen? Das war doch nicht sein

Ernst! Je länger sie darüber nachdachte, umso ärgerlicher wurde Helena. Sie fand, dass sie es nicht verdient hatte, so abgespeist zu werden! „LG"? Wer schrieb denn seiner Liebsten bitte „LG"?! Der hatte sie doch nicht mehr alle!

Helena nahm ihr Handy wieder auf und tippte eine Antwort, in der sie ihn bat, ihr zu sagen, was los sei und dass sie sich Sorgen um ihn mache. Sie wollte bereits auf den Senden-Knopf gehen, als sie seine Nachricht noch mal las. Er wollte heute nicht mehr mit ihr reden. Das stand doch ganz deutlich da. Vielleicht machte sie alles nur noch schlimmer, wenn sie ihn nicht in Ruhe ließ.

Entnervt pfefferte Helena ihr Handy auf den Schreibtisch und ließ ihr Gesicht in ihre Hände sinken. Die Situation beunruhigte sie sehr. In dem einen Jahr, in dem sie mit Nick zusammen war, hatte er sich nie seltsam oder ungewöhnlich verhalten. Eigentlich war er ein sehr umgänglicher, besonnener Mensch. Er musste doch wissen, was sein Verhalten in ihr auslöste!

Es half alles nichts. Helena packte ihre Siebensachen wieder zusammen und machte sich mit dem Rad auf den Nachhauseweg. Die Luft hatte merklich abgekühlt und sie war froh, als sie ihr Wohnhaus erreichte. Ein Blick hinauf in die dritte Etage zeigte ihr, dass Licht in Nicks Wohnzimmer brannte.

Ich dachte, er ist hundemüde, fuhr es ihr giftig durch den Kopf, bevor sie über sich selbst den Kopf schüttelte und hineinging.

In ihrer Wohnung angekommen, ging sie erst mal unschlüssig in die Küche. Obwohl ihr Kühlschrank mit allerlei Leckereien angefüllt war, verspürte Helena keinen Appetit. Die Sache mit Nick schlug ihr eindeutig auf den Magen. Ihr Blick fiel auf eine halb volle Flasche Rotwein, die sie vor ein paar Tagen mit Nick geöffnet hatte.

Kurz entschlossen schnappte sich Helena die Flasche und ein Glas und begab sich ins Badezimmer, wo sie sich Wasser in die Wanne einließ. Sie gab großzügig von dem duftenden Schaumbad hinzu, bevor sie sich mit einem wohligen Seufzer niederließ. Der Wein befand sich in Reichweite auf dem Toilettendeckel. Stillos, aber egal. Helena schloss die Augen und versuchte, sich zu entspannen. Sie redete sich ein, dass sich die Sache mit Nick schon klären würde und dass man manchmal einfach auch mehr Geduld haben musste.

Das warme Wasser und der vollmundige Wein entfalteten schon bald ihre Wirkung und die Kommissarin wurde tatsächlich ruhiger. Sie konnte sich nach dem Bad sogar noch dazu aufraffen, sich ein paar Käsehäppchen aufzuschneiden und einen Spielfilm anzusehen.

Kurz vor Mitternacht fiel sie schließlich müde ins Bett und es gelang ihr trotz aller Sorgen, schnell einzuschlafen.

3.

Der nächste Morgen präsentierte sich düster und grau. Dunkle Wolken jagten über den Augsburger Himmel und der Herbst wirkte auf einmal gar nicht mehr so einladend wie am Vortag. Erste Regentropfen prasselten gegen Helenas Küchenfenster, als sie gerade dabei war, ihren Tee aufzusetzen. Bedauernd sah sie in das trübe Grau hinaus, den goldenen Sonnenstrahlen der Vortage nachtrauernd.

Seufzend setzte sich Helena schließlich mit ihrer dampfenden Tasse an den Küchentisch, wo bereits ihr Müsli auf sie wartete. Während sie aß, ging sie noch mal die Einträge in ihrem Notizbuch durch und überlegte, was heute alles anstand. Als ihr Blick auf die Uhr fiel, erschrak Helena. Es war schon nach halb acht! Hastig stellte sie ihr Geschirr in die Spüle, schlüpfte in ihre Jacke, schnappte sich den Autoschlüssel und ihre Tasche und machte sich auf den Weg in die Tiefgarage. Zu ihrer großen Überraschung begegnete sie Nick im Hausflur, der auf den Aufzug wartete. Erfreut lief sie auf ihn zu und küsste ihn auf den Mund.

„Guten Morgen, Nick. Du bist aber spät dran."

„Man kann ja mal verschlafen, oder?"

Seine pampige Antwort ließ Helena einen Schritt zurücktreten. „Sag mal, was ist eigentlich mit dir los?", entfuhr es ihr etwas lauter als beabsichtigt.

„Was soll mit mir los sein?", brummte er unwirsch.

„Wir haben uns seit Tagen kaum gesehen und wenn, dann bist du schlecht gelaunt. Ich habe das Gefühl, dass du mir aus dem Weg gehst!"

„Mach doch nicht so ein Theater, Helena!", brauste Nick auf. „Man wird sich doch mal ein paar Tage eine Auszeit gönnen dürfen."

Entgeistert starrte Helena ihren Freund an. Er wich ihrem Blick gekonnt aus und drückte stattdessen wiederholt auf den Aufzugsknopf, um ihn dazu zu bewegen, ihn schneller aus dieser Situation zu erlösen.

„Eine Auszeit?", fragte sie leise. „Ist es das, was du willst?"

Er zuckte mit den Schultern. „Nenn es, wie du magst, aber hin und wieder braucht ein Mann seine Auszeit."

Helena war fassungslos. Wie konnte er sie nur so verletzen? Eine Auszeit? Zwischen Nick und ihr war doch alles bestens gelaufen!

Mit einem Ping öffnete sich die Aufzugtür und Nick stieg ein. Als er sich zu ihm umdrehte, erschrak Helena über seinen kalten Blick.

„Kommst du nun rein oder nicht?", fragte er barsch.

Zögerlich betrat Helena den Aufzug und fuhr mit Nick nach unten. Er stieg vor ihr aus, weil er wie immer zu Fuß zum Stadtmarkt gehen würde.

Bevor er ging, hielt Helena die Fahrstuhltür auf. „Nick!", rief sie ihm hinterher.

Beinahe widerwillig drehte er sich um.

„Wann sehe ich dich wieder?" Zu Helenas Unwillen hatte ihre Stimme einen beinahe flehenden Unterton angenommen.

„Weiß nicht. Wenn nicht heute, dann morgen", sagte er schulterzuckend, bevor er sich umdrehte und das Haus verließ.

Kraftlos ließ Helena ihre Hand sinken, woraufhin sich die Aufzugstür wieder schloss und sie in die Tiefgarage brachte. Benommen ging sie zu ihrem Auto und ließ sich auf den Fahrersitz sinken, die Tasche achtlos auf den Rücksitz werfend. Ein paar Minuten lang saß sie bewegungslos da und erst als der Bewegungsmelder in der Garage ausging und es stockduster wurde, erwachte sie aus ihrer Starre. Ein Blick auf die Uhr verriet ihr, dass es schon nach acht war und sie nun zu spät ins Präsidium kommen würde. Entschlossen richtete sich Helena auf und ließ den Motor an. Sie musste sich auf ihren Fall konzentrieren, alles andere hatte zu warten.

Als Helena kurz danach im Präsidium ankam, hoffte sie, dass ihr Zuspätkommen unbemerkt bleiben würde. Tatsächlich schaffte sie es, den Weg zu ihrem Büro ohne Zwischenfälle zurückzulegen. Erleichtert öffnete sie die Tür und schlüpfte hinein.

„Etwas spät dran heute ...", sagte eine sonore Stimme in ihrem Rücken.

Helena fuhr herum. O nein! Kriminalhauptkommissar Meier! Ihr Chef saß neben Franzi an dem kleinen Tisch in der Ecke und sah sie mit strengem Blick an.

„Ich ...", stotterte Helena verlegen. Ihr wollte auf die Schnelle keine passende Ausrede einfallen.

„Des isch scho ok, Herr Meier", schaltete sich Franzi ein. „Die Lena isch geschtern a weng länger blieben, da hab i g'sagt, dass sie's heut etwas langsamer angehn lassen kann." Sie zwinkerte Helena zu und schob eine geblümte Blechschachtel auf Herrn Meier zu. „Keks?"

Stirnrunzelnd besah sich ihr Chef die krümeligen Kekse und suchte schließlich mit spitzen Fingern ein Exemplar heraus. Er schob es sich in den Mund und musste augenblicklich kräftig husten. Kekskrümel schossen aus Herrn Meiers Mund und sein Gesicht nahm eine bedenklich dunkelrote Färbung an.

„Na, na, wer wird denn gleich so übertreiben?", sagte Franzi grinsend, ihrem Chef kräftig auf den Rücken klopfend, dass der beinahe vom Stuhl fiel.

Helena war inzwischen auf den freien Platz neben Franzi geschlüpft und verfolgte die Szene mit offenem Mund.

Endlich beruhigte sich der Hustenreiz ihres Chefs, der hastig das ganze Glas Wasser austrank, das vor ihm auf dem Tisch stand.

„Sagen Sie mal, wollen Sie mich umbringen?", fuhr er Franzi an.

„Meine Kekse mögen a bissle scharf sein", gestand Franzi wenig reumütig ein, „aber so scharf sind sie jetzt au wieder net!" Sie nahm sich selbst einen Keks und biss hinein. Sie kaute genussvoll, von ihrem Chef ungläubig beobachtet.

„Sehen'S?", sagte sie schließlich. „Wirklich net so schlimm!"

Herr Meier schüttelte den Kopf. „Was für ein Teufelszeug haben Sie denn da reingetan?"

„Des sind meine Ingwer-Chili-Kekse", sagte Franzi stolz. „Weil i kei Chili-Pulver mehr g'habt hab, hab i einfach meine getrockneten Reaper nei tan", erklärte sie.

„Die hab i letztes Jahr s'erschte Mal angebaut", fügte sie stolz hinzu.

„Reaper?", fragte ihr Chef verwirrt.

„Carolina Reaper heißen die." Franzi nickte begeistert. „Isch angeblich die schärfste Chili der Welt, aber so schlimm find i's gar net."

Ungläubig schüttelte ihr Chef seinen Kopf. „Und so etwas bieten Sie mir an? Das ist ja lebensgefährlich!"

„Jetzt ham Se sich mal net so, Herr Meier. Des isch außerdem gut für Ihren Kreislauf." Franzi wandte sich an Helena. „Willsch au nen Keks?"

Helena winkte dankend ab. Auf gar keinen Fall würde sie so ein Teufelszeug essen. Das Gesicht von Herrn Meier war immer noch puterrot und kleine Schweißtröpfchen standen auf seiner Stirn.

„Bevor Sie gekommen sind, hat mir Ihre Kollegin über den Toten auf dem Plärrer berichtet", kam Herr Meier auf den eigentlichen Grund seines Besuchs zurück. Er hustete noch mal und schielte bedauernd auf sein leeres Glas. „Viele Anhaltspunkte haben Sie ja nicht gerade", fuhr er fort.

„Gestern habe ich noch einen Bericht von Dr. Lysander bekommen", merkte Helena an. Franzi sah sie interessiert an. Helena war ja bisher noch nicht dazu gekommen, ihr von dem Gespräch mit dem Pathologen zu erzählen. Schnell fasste Helena die Ausführungen des Arztes zusammen.

„Na, das ist ja wenigstens etwas", brummte Herr Meier anschließend und erhob sich. „Ich erwarte jeden zweiten Tag einen Bericht." Hüstelnd ging er zur Tür. „Guten Tag, die Damen."

Nachdem die Tür hinter ihm zugefallen war, schoss Franzi hoch und lief zu ihrem Schreibtisch, auf dem ihre überdimensionale Teetasse stand. Hektisch nahm sie sie hoch und trank in großen Schlucken. „I hab dacht, der geht gar nimmer! Daweil brennt mir die Gosch wie verrückt!"

Helena starrte ihre Kollegin sprachlos an.

„Die Reaper isch vielleicht doch a weng zu scharf für die Kekse", fuhr Franzi fort und ließ sich auf ihren Sitz fallen.

„Du hast so getan, als ob dir das gar nichts ausmacht!", sagte Helena verblüfft.

Franzi grinste. „Ja klar, i kann ja schlecht zugeben, dass i au so a Weichei bin wie unser Chef."

Helena lachte laut auf. „Der Arme! Der wird so schnell keine Kekse mehr von dir annehmen."

Franzi fiel in ihr Lachen ein. „Sicher net! Des isch aber au verteufelt scharf!" Sie stand auf und schnappte sich die Keksdose.

„Du, i geh schnell in die Kaffeeküche und hol mir nen Becher Milch. Der hilft gegen die Schärfe."

Helena nickte. „Was machst du mit der Dose?"

„Die stell i in die Kaffeeküche", grinste Franzi. „Da isch no alles wegkommen, egal wie greislig!"

Helena sah ihrer Partnerin, die beschwingt das Büro verließ, kopfschüttelnd nach.

Kurze Zeit später saßen sich die beiden Beamtinnen an ihren Schreibtischen gegenüber. Franzi nippte immer wieder an einem riesigen Glas Milch, während sie Helena ausführlich von ihrem Gespräch mit Herrn Meier berichtete.

„Ich muss mich noch bei dir bedanken", merkte Helena an, nachdem Franzi mit ihren Ausführungen fertig war.

„Wieso des jetzt?"

„Na, du hast mich vorhin gerettet, wo ich doch zu spät war und so. Du weißt schon …"

Franzi winkte ab. „Keine Ursache, Lena. Dafür sind Freunde doch da." Sie sah auf. „Aber sag mal, warum warsch du eigentlich so spät? Isch was passiert?"

Helena seufzte und lehnte sich in ihrem Sessel zurück. „Das ist eine lange Geschichte …"

Besorgt sah Franzi sie an. „Isch was mit'm Hannes?"

„Nein, keine Sorge. Dem geht es gut." Helena fand es rührend, wie besorgt Franzi um ihren Großcousin war, aber bei dem schien ausnahmsweise mal alles wie am Schnürchen zu laufen.

Letztes Jahr war Johannes einige Zeit bei Helena untergekommen, nachdem er aus der Schule geflogen war. Er hatte ein Praktikum im Polizeipräsidium gemacht, das Franzi ihm besorgt hatte. Der rebellische Jugendliche hatte es seiner Großcousine Helena nicht gerade leicht gemacht und sich selbst in größte Gefahr gebracht. Mit vereinten Kräften hatten die beiden Kommissarinnen es geschafft, Johannes auf den rechten Weg zu bringen.

„Es geht um Nick", gestand Helena zögernd. „Aber wenn ich ehrlich bin, mag ich eigentlich nicht darüber reden. Ich bin mir nicht mal sicher, ob überhaupt was ist oder ob ich mir das nur einbilde."

„Du weißsch ja, dass du immer zu mir kommen kannsch, wenn was isch, ge, Lena?"

„Klar weiß ich das. Danke, Franzi." Helena zog ihr Notizbuch heraus. „Sag mal, wie wollen wir denn jetzt weiter vorgehen?"

„Hm …" Franzi kräuselte nachdenklich ihre Nase. „Am beschten sprech mer nomml mit der Witwe. Wir ham ja no kei Ahnung net, was des Opfer eigentlich so g'macht hat, mit wem es sich troffen hat und so weiter."

„Das hätte ich auch vorgeschlagen", stimmte Helena zu. „Am bestens fangen wir gleich damit an."

Eine Viertelstunde später standen die beiden Kommissarinnen wieder vor dem schmucken Einfamilienhaus im Bärenkeller. Helena betätigte die Klingel und wieder ging ein Licht an und die Kamera surrte.

„Ja?", fragte eine barsche Männerstimme. Erstaunt sahen sich die Kommissarinnen an.

„Hansen und Danner von der Kripo Augsburg", sagte Helena und hielt ihren Polizeiausweis vor die Kamera. Die Tür surrte und Franzi drückte sie schnell auf.

Als sie den Gang betraten, kam ihnen ein großer, bulliger Mann im Anzug entgegen.

„Was wollen Sie?", fragte er unhöflich.

„Wir haben noch ein paar Fragen an Frau Bernardi", teilte Helena ihm mit.

„Die ist nicht da."

„Wann kommt sie denn wieder?", ließ Helena nicht locker.

Ein Schulterzucken antwortete ihr.

„Jetzt hören'S mal gut zu", schaltete sich Franzi ein, der das Getue des Mannes offensichtlich gegen den Strich ging. „Mir ermitteln hier in nem Mordfall und wenn Sie net wegen Juschtizbehinderung angezeigt werden wollen, sagen'S uns jetzt auf der Stelle, wann wir Frau Bernardi sprechen können!"

Der riesige Mann starrte Franzi sprachlos an, dann wandte er sich um und deutete auf das Wohnzimmer. „Wenn Sie mir bitte folgen würden."

Franzi zwinkerte Helena verschmitzt zu. Ihr Ausbruch hatte offenbar den gewünschten Erfolg erzielt.

„Bitte setzen Sie sich." Der Mann deutete auf das Sofa und ließ sich selbst auf einem Sessel nieder. Das Möbelstück wirkte viel zu klein für den gewaltigen Mann und Helena meinte, ein empörtes Quietschen zu hören, als er sich daraufsetzte.

„Was genau wollen Sie denn nun?" Der Mann, der mit einem ausgeprägten südländischem Akzent sprach, sah sie unfreundlich an.

„Wir würden gerne mit Frau Bernardi sprechen", wiederholte Helena ihre Forderung. Und wenn er sich noch so dumm stellte, sie würde beharrlich bleiben!

Bedauernd hob er seine massigen Schultern. „Leider geht das nicht. Frau Bernardi ist nicht zu Hause."

Entnervt rollte Franzi mit den Augen. „Des wiss mer ja jetzt scho. Aber wo se isch, ham Se no net g'sagt!"

Irritiert hob der Mann eine Augenbraue. Offenbar war er es nicht gewohnt, derart unverblümt angesprochen zu werden, was Helena aufgrund seiner Gestalt wenig wunderte.

„Frau Bernardi ist bei ihrer Familie", teilte er den Kommissarinnen mit.

„Und wann kommt sie wieder?", hakte Helena nach.

„Wer weiß?" Er hob seine fleischigen Pranken. „Familia ist gut in solch einem Fall, si?"

„Wo genau ist denn die Familie, bei der sie sich momentan aufhält?“, wollte Helena wissen, der Übles schwante.

„In bella Italia natürlich, wo sonst?“, antwortete der Mann.

Franzi und Helena sahen sich ungläubig an. „Frau Bernardi ist nach Italien gefahren?“

„Si. Sie braucht jetzt die Unterstützung von ihrer Familie.“

„Und wer sind eigentlich Sie?“, fragte Franzi gereizt.

„Scusi, mein Name ist Giovanni Bernardi. Bin der Cousin von Salvatore. Ich passe auf das Haus auf, solange Francesca in Napoli bei der Familie ist.“

„Wie können wir Ihre Verwandte erreichen?“, fragte Helena irritiert. So etwas war ihr noch nie untergekommen, andererseits war es verständlich, dass die junge Witwe nach diesem Schicksalsschlag die Nähe zu ihrer Familie suchte.

„Bedauerlicherweise gar nicht. Francesca ist auf einem abgelegenen Gut untergebracht, um sich zu erholen. Ihre Nerven sind angeschlagen, müssen Sie wissen.“

„Mir müssen se aber dringend sprechen!“, sagte Franzi aufgebracht.

„Kein Telefon, kein Internet ... Wie gesagt, leider nicht möglich“, sagte der Mann bedauernd. „Scusi“, fügte er beschwichtigend hinzu, als er sah, dass Franzi gerade wieder aufbrausen wollte, „Sie können mir Ihre Fragen stellen. Ich kann Ihnen sicher ebenfalls weiterhelfen.“

Die Kommissarinnen sahen sich kopfschüttelnd an.

„Also, so was!“, schimpfte Franzi leise vor sich hin.

Helena zog ihren Notizblock aus der Tasche und schlug ihn auf. „Wann haben Sie Salvatore zum letzten Mal gesehen?“

„Hm, lassen Sie mich überlegen … Ja, das muss vor zwei, drei Tagen gewesen sein“, überlegte Giovanni laut.

„Was jetzt?“, fuhr Franzi dazwischen. „Vor zwei oder vor drei Tagen?“

Irritiert sah der riesige Mann die kleine Augsburgerin an. „Muss ich überlegen …“ Angestrengt zog er seine Stirn in Falten. „War am Dienstag.“ Er dachte weiter nach. „Ja, richtig, am Dienstag. Da hab ich mich mit Salvatore auf einen Espresso getroffen.“

„Einen Tag später wurde er ermordet“, stellte Helena fest.

„Wo ham Se sich denn ’troffen?“

„In kleinem Café am Stadtmarkt“, antwortete Giovanni.

„Was hat Ihr Cousin eigentlich beruflich gemacht?“, wollte Helena wissen.

„Ach … Was mit Geld. Sie verstehen?“

„Ne, verschteh i net!“, fuhr Franzi ihn gereizt an. Offenbar hatte sie den Mann dick.

„Salva hat … comme se dice … mit Aktien gehandelt.“

„Und wo war sein Büro?“, erkundigte sich Helena.

„Das hat er von zu Hause aus gemacht. Kein Büro.“

„Können Sie uns eine Liste seiner Kunden geben?“

„Habe ich keine Ahnung.“ Bedauernd hob Giovanni seine riesigen Pranken.

„Mit wem hat sich Salvatore denn sonst so getroffen?“ Helena ließ nicht locker.

„Salva war eher zurückhaltender Mann", antwortete Giovanni. „Familienmensch, Sie verstehen?"

„Himmel, Arsch und Zwirn, jetzt reicht's mir aber!", explodierte Franzi. Wütend funkelte sie den Befragten an. „Sie wissen net, mit wem er gearbeitet hat, wen er privat 'troffen hat, wo sich sei Witwe aufhält", zählte sie nacheinander auf. „Können Se oder wollen Se uns net weiterhelfen? Immerhin woll mer den Mörder Ihres Cousins finden, verdammt no mal!"

Beschwichtigend legte Helena ihre Hand auf Franzis Knie.

„Piano!", wehrte der Riese Franzis Attacke ab. „Naturalmente helfe ich, wo geht! Aber Salvatore hatte kaum Kontakte außerhalb der Familie."

„Hat er mit irgendjemandem Stress g'habt?"

„Nein, wirklich nicht."

Resigniert ließ Franzi die Hände sinken. Helena zog ihre Karte aus der Tasche und reichte sie dem Mann. „Bitte kontaktieren Sie uns, wenn Ihnen doch noch etwas einfällt", bat sie den Zeugen. „Und sagen Sie auch Bescheid, sobald wir Francesca wieder erreichen können. Halten auch Sie sich für unsere Ermittlungen zur Verfügung!"

Der Mann nickte und erhob sich. Er geleitete die beiden Frauen bis zur Tür und verabschiedete sich.

Grummelnd stieg Franzi ins Auto ein. „Isch des zu fassen?" Entnervt schüttelte sie den Kopf, dass ihre rotbraunen Locken durch die Luft flogen. „Der isch doch net ganz bacha!"

Irritiert sah Helena sie an. „Was ist er?"

Franzi musste trotz ihres Zornes grinsen. „Net ganz bacha. Kennsch des net?"

Helena schüttelte den Kopf. Darauf konnte sie sich keinen Reim machen.

„Des heißt, dass der net ganz sauber isch, verschtehsch? Dass der nen Vogel hat." Franzi ließ ihren Zeigefinger über der Stirn kreisen.

„Ja", stimmte Helena ihr nachdenklich zu. „Ich finde die ganze Sache auch wirklich seltsam!"

„Jetzt ham mer wieder nix!", stöhnte Franzi. „Überhaupt nix!"

Schweigend fuhren die beiden Frauen zurück ins Präsidium, jede ihren eigenen Gedanken nachhängend. Gerade bogen sie auf das Parkdeck ab, als Franzis Handy klingelte.

„Ja?" Ihre Stimme klang immer noch wütend. „Wo genau? ... Ok, mir kommen. Bis glei."

Erwartungsvoll sah Helena, die den Wagen eben abgestellt hatte, ihre Kollegin an.

„Du, Lena, mir müssen glei nomml los", klärte Franzi sie auf. „Es hat auf'm Stadtmarkt nen Zwischenfall geben."

Besorgt sah Helena auf. Nick arbeitete auf dem Stadtmarkt. „Weißt du Näheres?"

„Leider net viel. Jemand isch übel verprügelt worden, mehr weiß i net." Sie legte besänftigend ihre Hand auf Helenas, deren Sorgen ahnend. „Deinem Nick geht's sicher gut!"

Helena nickte tapfer. Wenn was mit Nick wäre, hätte er sie sicher auf dem Handy angerufen. Zumindest hoffte sie das, aber nach heute Morgen war sie sich nicht mehr so sicher.

Die beiden Frauen parkten in der Tiefgarage, die direkt an den Stadtmarkt grenzte und liefen durch eine enge Passage. Vor einem kleinen Blumenladen stand eine Menschentraube, die von zwei Uniformierten mühsam zurückgehalten wurde. Helena und Franzi drängten sich durch die Menge und zeigten ihre Ausweise vor, woraufhin sie durchgewunken wurden.

Der kleine Laden, in dem Helena schon öfter Blumen mitgenommen hatte, war völlig verwüstet. Die Schaufensterscheibe war zersplittert und überall lagen zerrissene und zertrampelte Blumen herum. In der Ecke saß ein arg ramponierter Mann auf einem Schemel und wurde von Sanitätern versorgt.

„Herr Weigand!", rief Helena aus, die den Besitzer des Ladens von ihren vielen Besuchen auf dem Stadtmarkt gut kannte. „Was ist denn passiert?"

Der Blumenladenbetreiber sah zu den beiden Frauen auf. Ein Auge war bereits so zugeschwollen, dass er nichts mehr damit sehen konnte. Blut lief aus einer Platzwunde an der Schläfe, das von den Sanitätern sorgsam weggetupft wurde, und seine Hand war dick angeschwollen.

„Ja, mei, Frau Hansen", antwortet Herr Weigand, „so genau weiß i des au net." Er stöhnte, als die Sanitäterin zu nah an seinem malträtierten Auge herumfuhrwerkte. „Es hat einen Riesenkrach 'geben und dann isch alles schwarz um mich worden", fuhr er fort. „I hab wirklich nix g'sehen!", fügte er hastig hinzu.

„Hier hat eindeutig jemand nen Groll auf Sie, Herr Weigand", schaltete sich Franzi ein, die sich den Schaden näher besehen hatte. „Ham Sie ne Ahnung, wer?"

Der Händler, den Helena auf so um die Fünfzig geschätzt hätte, schüttelte den Kopf. „Ne, gar net. I wüsst echt net, wer so was machen sollte und warum!"

„Können Sie uns irgendeinen Anhaltspunkt geben?", fragte Helena nach.

„Leider net. Hab echt nix g'sehen."

„So, Herr Weigand", sagte einer der Sanitäter. „Wir nehmen Sie jetzt ins Klinikum mit. Ihre Hand ist mehrfach gebrochen, die muss versorgt werden." Er half dem Mann vorsichtig auf die Füße.

„Bitte sagen Sie Bescheid, falls Ihnen doch noch was einfällt", bat Helena und drückte dem Verletzten ihre Karte in die Hand.

„Mach ich", versprach der, bevor er die Sanitäter zum Krankenwagen begleitete.

Franzi bückte sich, um ein paar Pflanzen aufzuheben, die nicht ganz so mitgenommen aussahen wie der Rest. Sie fand einen Plastikeimer in der Ecke und füllte ihn mit Wasser. Anschließend gab sie die Blumen liebevoll hinein.

Helena hörte nicht hin, was Franzi vor sich hin murmelte. Sie wusste längst, dass ihre kauzige Kollegin gerne mit Pflanzen sprach und hatte sich daran gewöhnt. Stattdessen besah sie sich den Schaden genauer und machte sich Notizen in ihr Büchlein.

Als die Kollegen von der SpuSi eintrafen, verließen Helena und Franzi den Tatort.

„Du, macht's dir was aus, wenn ich noch kurz bei Nick vorbeischaue?", bat Helena ihre Kollegin. Sie hatte den ganzen Tag schon einen Knoten im Magen, wenn sie nur an ihren Freund dachte, und sehnte sich danach, die Sache aufzuklären.

„Freilich, mach des. I geh daweil in die Fleischhalle, ok? Isch eh Zeit für's Mittagessen und wenn mer scho mal da sind ..." Franzi grinste und winkte ihrer Partnerin zu, bevor sie beschwingt um die Ecke verschwand.

Helena lief die wenigen Schritte zum Laden ihres Freundes, der gerade mal 50 Meter von dem kleinen Blumenladen entfernt lag. Da es leicht nieselte, hatte Nick seine Markise ausgefahren, um die Ware zu schützen, die vor dem Laden stand. Als Helena näher kam, bemerkte sie, dass anstelle des Schaufensters eine große durchsichtige Plane angebracht worden war.

Die Tür klingelte, als Helena den Laden betrat.

„Bin gleich bei Ihnen", hörte sie Nick sagen, der gerade in dem kleinen Kabuff hinter seinem Tresen herumwurschtelte. Außer ihr befand sich momentan niemand im Laden.

„So, was kann ich ...? Helena?" Er runzelte die Stirn. „Was machst du denn hier?"

„Was ist hier passiert?", fragte Helena auf die Plane deutend. Nicks Miene verfinsterte sich.

„Was soll das? Spionierst du mir etwa nach?", fragte er unfreundlich.

„Ich? Dir nachspionieren? Langsam spinnst du aber wirklich!", rief Helena empört. „Herr Weigand wurde überfallen und ich bin beruflich auf dem Stadtmarkt, wenn du es genau wissen willst."

Nick wurde blass. „Herr Weigand? Was ist denn passiert?"

Helena zuckte unversöhnlich mit den Achseln.

„Sein Laden wurde größtenteils zerstört und er selbst wurde übel zusammengeschlagen, wie es aussieht."

Beunruhigt fuhr sich Nick durch die Haare. „Ich hab gar nichts davon mitbekommen! Aber er wird doch wieder, oder?"

„Ich denke schon“, sagte Helena knapp. Ihr Ärger schmolz dahin, als sie den ängstlichen Gesichtsausdruck ihres Freundes bemerkte.

„Willst du mir nicht sagen, was hier passiert ist?“ Sie deutete auf die Plane.

Nicks Gesichtsausdruck wurde undurchdringlich. „Nichts weiter. Ein Spannungsbruch.“

„Ein Spannungsbruch?“, fragte Helena nach.

„Ja, genau. Glaubst du mir etwa nicht?“

Da war er wieder, der barsche Ton, den Nick neuerdings ihr gegenüber an den Tag legte.

„Weißt du was?“ Ungläubig schüttelte sie ihren Kopf. „Momentan kann man echt nicht mit dir reden.“ Sie ging zur Tür. „Wenn du dich wieder einigermaßen im Griff hast, kannst du gerne zu mir kommen. Du weißt ja, wo du mich findest!“ Mit einem letzten wütenden Blick verließ Helena den Laden, die Tür etwas fester als gewöhnlich schließend.

Vor dem Laden atmete Helena tief durch. Den Nieselregen, der sich in ihren Haaren festsetzte, ignorierte sie. Was war nur los mit Nick? Er hatte sich komplett verändert!

Helena fuhr sich mit den Händen über ihr Gesicht und verteilte so die feinen Regentropfen auf ihren erhitzten Wangen. Langsam beruhigte sie sich wieder und erinnerte sich daran, dass Franzi in der Fleischhalle auf sie wartete. Appetit hatte sie nach der unschönen Begegnung mit Nick keinen mehr.

Sie ging die paar Schritte zu dem alten Gebäude und trat durch die Doppeltür in das dämmrige Licht der Halle und sah sich suchend um. Um die Mittagszeit war der große Raum wie immer gut gefüllt, so dauerte es eine ganze Weile, bis sie Franzi an einem der Stehtische erspähte. Die Augsburgerin biss gerade mit Genuss in eine Käsesemmel.

„Ah, Lena, da bisch ja wieder", sagte sie mit vollem Mund und wischte sich mit einer Serviette über den Mund. „Hat der Nick net mitkommen wollen?"

Helena schüttelte stumm den Kopf.

„Sag mal, Lena, was isch denn los? I merk doch, dass es dir net gut geht!" Franzi legte ihren Arm um Helena und zog sie an sich. Der tat die Nähe gut. Einen kurzen Moment lehnte sie sich an ihre Freundin. Sie wusste, dass sie zu heulen anfangen würde, wenn sie jetzt darüber sprach.

„Können wir bitte später darüber reden?", bat sie daher leise.

„Klaro, Lenchen. Wann immer es dir passt!" Franzi strich ihr liebevoll über den Arm und nahm noch einen kräftigen Bissen von ihrer Semmel. „Magsch nix essen?"

Helena schüttelte den Kopf.

„Na gut, aber weißsch, was? Mir nehmen dir no ne schöne Breze vom Bäcker drüben mit, bevor mer z'rückfahren, ok? Außerdem gibt's da vorne doch die Weißwürschte, die du so gern magsch, ge?"

Dankbar nickte Helena. Immerhin war der Tag noch lang und wer wusste schon, ob sie nicht doch noch Hunger kriegen würde.

Tatsächlich war sie froh, die Breze und die Weißwürste mitgenommen zu haben. Nachdem Franzi und sie ins Präsidium zurückgefahren waren, hatten sie gemeinsam den Bericht über den Vorfall auf dem Stadtmarkt verfasst. Helenas Magen hatte sich knurrend bemerkbar gemacht, woraufhin Franzi ihr nicht nur eine schöne Tasse Milchkaffee gemacht hatte, sondern ihre Breze auch noch mit einer dicken Schicht Butter versehen und die Weißwürste warm gemacht hatte.

„Mhhh, schmeckt die gut", sagte Helena dankbar und biss genussvoll in die knusprige Breze.

Franzi grinste amüsiert. „Es geht wirklich nix über ne leckere Butterbreze, wenn man mal so richtig Hunger hat."

Helena nickte zustimmend und spülte ihren Bissen mit einem großen Schluck Milchkaffee hinunter, bevor sie sich heißhungrig auf ihre Weißwürste stürzte. Franzi liebte es, ihre Butterbreze in den Kaffee zu tauchen, eine Angewohnheit, zu der sich Helena jedoch nicht überwinden konnte, sah das Produkt in ihren Augen doch mehr als fragwürdig aus: eine labberige, vollgesogene Breze und Milchkaffee, in dem jede Menge Krümel schwammen. Aber zusammen genossen schmeckten die beiden Dinge wirklich hervorragend. Helena hatte inzwischen gelernt, dass die Breze so etwas wie eine Nationalspeise in Augsburg darstellte. Man konnte sie zum Frühstück oder zum Abendessen verspeisen oder, wie Franzi gern sagte, einfach „auf d'Hand", als Snack zwischendurch. Oft sah man kleine Kinder in ihren Buggies, die an einer Breze mümmelten und sie einspeichelten, um dann den Brezenbatz überallhin zu verteilen. Ja, die Augsburger schätzten das knusprige Laugengebäck sehr, was Helena absolut nachvollziehen konnte.

Sie steckte sich den letzten Bissen in den Mund und bedauerte, nicht noch eine zweite Breze mitgenommen zu haben, aber die Weißwürste hatten sie auch so ziemlich satt gemacht.

„Es isch wirklich zum Verrücktwerden“, sagte Franzi, die sich Helena gegenüber an den kleinen runden Tisch in der Ecke gesetzt hatte. „Mir ham einfach keine Anhaltspunkte net. Weder bei dem Plärrermord no bei der G'schichte auf dem Stadtmarkt.“

Helena lehnte sich zurück. „Das ist wirklich schwierig. Man weiß nicht mal, wo man ansetzen soll …“ Hilflos hob sie ihre Hände und ließ sie in den Schoß fallen.

„Wie soll mer jetzt weiter vorgehen? Was meinsch du, Lena?“

Die Hamburger Kommissarin überlegte. „Hm, ich denke, es bleibt uns nicht viel anderes übrig, als die Ermittlungen aufzuteilen, damit wir schneller vorankommen.“

Franzi nickte zustimmend. „Des hab i mir au scho dacht. Des hat ja damals bei unsrem erschten gemeinsamen Fall au gut funktioniert, ge, Lena?“

Helena nickte lächelnd. Wie könnte sie ihren ersten Fall hier in Augsburg vergessen? Damals hatte sie noch mit viel mehr Verständigungsschwierigkeiten zu kämpfen gehabt als heute.

„Wir brauchen einfach mehr Anhaltspunkte!“, stellte sie fest. „Wir sollten einen Durchsuchungsbefehl für die Wohnung von Herrn Bernardi beantragen. Vielleicht finden sich da neue Verknüpfungen, irgendwelche Kontakte oder so etwas.“

„Genau. Und die andere befragt nomml den Herrn ... Wie heißt der nomml? Der vom Stadtmarkt?"

„Herr Weigand."

„Richtig. Irgendwie hatt i des Gefühl, dass der uns net alles g'sagt hat."

„So machen wir es. Welchen Teil willst du übernehmen?"

Franzi zuckte mit den Schultern. „Isch mir eigentlich wurscht. Vielleicht nehm i den Stadtmarktfall, was meinsch, Lena? Dann bisch du ersch mal aus Nicks Schusslinie."

Dankbar stimmte Helena Franzi zu. Vielleicht war es tatsächlich besser, etwas Abstand zu gewinnen, und da würde es nicht helfen, tagein, tagaus auf dem Stadtmarkt unterwegs zu sein.

„Gut, dann ham wir einen Plan für die kommende Woche", sagte Franzi zufrieden. „Zum Glück isch heut Freitag! I freu mi total aufs Wochenende! Endlich wieder lange Spaziergänge mit meim Waschtl, 'naus ins Grüne, vielleicht an der Wertach entlang."

Helena, der jetzt erst einfiel, dass sie seit Monaten kein Wochenende mehr ohne Nick verbracht hatte, ließ betrübt den Kopf hängen. Bei der Arbeit hatte sie wenigstens noch etwas Ablenkung, aber wenn sie zu Hause war, erinnerte sie alles an den Streit mit ihrem Freund.

„Weißsch was, Lena", sagte Franzi, der Helenas Stimmungsumschwung nicht entgangen war und ergriff ihre Hand, „hasch net Luscht, morgen früh zu mir zum Frühstück zu kommen? Und dann mach mer mit Waschtl nen schönen langen Spaziergang. Morgen soll's Wetter doch ganz gut werden, dann könn mer uns danach no schee auf mei Terrasse setzen."

Dankbar drückte Helena Franzis Hand. „Das wäre ja wunderbar", sagte sie erleichtert. „Ich bring die Brötchen mit, einverstanden?"

Franzi grinste. „Na, wenn für mi au a normale Semmel dabei isch, soll mer des recht sein."

Helena rollte mit den Augen. Für sie waren Brötchen eben Brötchen und würden es wohl immer bleiben.

„Ich freu mich sogar darauf, Waschtl, das alte Ungeheuer, wiederzusehen", gestand Helena freudig.

„Prima, dann darfsch du sogar die Leine halten." Franzi zwinkerte Helena verschmitzt zu und stand auf. „Lass uns no nen Zwischenbericht für den Meier schreiben und ihn über unsere Aufteilung in Kenntnis setzen, damit der z'frieden isch."

Seufzend erhob sich Helena. „Was muss, das muss. Ich räume nur noch schnell mein Geschirr in die Kaffeeküche."

Als die beiden Frauen fertig waren, zeigte die Uhr schon beinahe halb sechs an. Helena und Franzi verabredeten sich für morgen früh um zehn und verabschiedeten sich voneinander. Helena hatte eigentlich vorgehabt, noch Joggen zu gehen, aber als ihr das immer noch nasskalte Wetter beim Verlassen des Präsidiums entgegenschlug, entschied sie sich schnell dagegen. Stattdessen würde sie es sich gut gehen lassen, nicht grübeln, das war der Plan. Zu Hause angekommen, sah sich Helena lustlos in der Küche um. Groß Lust auf Kochen hatte sie auch keine mehr, deshalb entschied sie sich für die einfachste Variante: Nudeln mit Pesto. Sie hatte noch ein Glas selbst gemachtes Basilikumpesto. Dazu viel frisch gehobelten Parmesan, fertig.

Bedauernd dachte Helena an die Flasche Rotwein, die sie am Vorabend ausgetrunken hatte. Ein Blick in ihre Vorräte verriet ihr, dass sie dringend einkaufen gehen musste. Helena zuckte mit den Schultern. Egal, dann eben kein Wein. Sie hatte noch kleine Bierflaschen im Kühlschrank, die Nick abends gerne trank.

Was er wohl gerade machte? Helena hatte den ganzen Tag über immer wieder auf ihr Handy gesehen, um ja nicht zu verpassen, wenn Nick ihr schrieb. Bislang leider vergeblich.

Der Küchenwecker klingelte schrill und riss Helena aus ihren düsteren Gedanken. Schnell goss sie die Nudeln ab und gab das grüne Pesto und den Käse hinzu. Dann schnappte sie sich ihren dampfenden Teller, klemmte die Flasche Bier unter den Arm und begab sich ins Wohnzimmer. Heute würde sie ausnahmsweise mal vor der Glotze essen. So würde ihr Kopfkino wenigstens etwas Ruhe geben.

Helenas Plan ging auf. Eine spannende Doku über die Anden fesselte ihre Aufmerksamkeit. Sie aß eine Riesenportion von den würzigen Pestonudeln und sogar das Bier schmeckte dazu ausgezeichnet.

Um halb zwölf räumte sie gähnend ihr Geschirr weg und machte sich bettfertig. Beim Gedanken an den morgigen Tag mit Franzi schlief sie schnell ein, doch ihre Nacht war unruhig. Immer wieder sah sie Nicks eiskalten Blick auf sich gerichtet, der so gar nicht zu seinen sonst so warmen braunen Augen passen wollte.

4.

Die Sonne strahlte von einem wolkenlosen Himmel, als Helena sich am nächsten Morgen mit ihrem Fahrrad nach Göggingen aufmachte, wo Franzi wohnte. Nach der unruhigen Nacht fühlte sich Helena wie zerschlagen, aber die frische Luft beim Radeln tat ihr gut. Sie hielt noch beim Bäcker und nahm sich ganz fest vor, heute als Einheimische durchzugehen. In Gedanken wiederholte sie das Wort „Semmeln" wie ein Mantra und betrat den Laden.

„Guten Tag", grüßte Helena die beleibte Verkäuferin hinter der Theke freundlich.

„Ah, Sie sind wohl net von hier, ge?" Neugierig sah die kleine Verkäuferin sie an.

Innerlich mit den Augen rollend, musste Helena zugeben: „Ich komme ursprünglich aus Hamburg."

„Schee", merkte die Verkäuferin an. „I hab a Tante, die's dahi verschlagen hat. Selber war i aber no net da droben."

„Woher haben Sie denn eigentlich gleich gewusst, dass ich nicht von hier bin?", fragte Helena nach.

Die kleine Frau lachte. „Des war ja jetzt net wirklich schwer zu erkennen. Bei uns sagt kei Mensch ‚Guten Tag', sondern halt nur ‚Grüß Gott'."

Helena erinnerte sich an ein diesbezügliches Gespräch mit Franzi und nickte verstehend. Immerhin schaffte sie es, Semmeln anstelle von Brötchen zu bestellen. Auch Breze sagte sie fehlerfrei statt der gewohnten Brezel und war dann doch ein wenig stolz auf sich.

„Braucha'S a Gschdaddl?", fragte die alte Frau, als sie ihr das Wechselgeld herausgab.

Schlagartig verwandelte sich Helenas Stolz in Verwirrung. „Was brauch ich?"

Die Verkäuferin grinste. „Stimmt ja, Tschuldigung. Jetzt hab i doch glatt vergessen, dass Se a Preiß sind!" Sie sprach nun gezielt langsamer. „Ich woll-te wis-sen, ob Sie ei-nen Beu-tel brau-chen." Sie deutete auf eine Tragetasche aus Papier.

Helena schüttelte den Kopf. „Nein danke. Ich hab extra einen Rucksack dabei."

Nachdem sie sich verabschiedet hatte, verließ Helena den kleinen Laden. Ihr Versuch, als Einheimische durchzugehen, war wohl kläglich gescheitert, wie sie sich eingestehen musste. Als sie sich aber an Franzis Verständigungsprobleme in Hamburg erinnerte, als sie mit Helena deren Familie besucht hatte, musste sie grinsen. Ihrer Freundin war es auch nicht viel besser ergangen als ihr.

Sie schwang sich wieder auf ihr Mountainbike und fuhr die letzten Meter zu Franzis Haus in den Gögginger Wertachauen am Augsburger Stadtrand. In einer ruhigen Sackgasse gelegen, wenn man von den vielen spielenden Kindern einmal absah, wohnte Franzi in einem kleinen Häuschen, das von einem großen Garten umgeben war. Als sie ihr Fahrrad absperrte, kam Franzi aus dem Haus, sich die Hände an einem Küchenhandtuch abwischend.

„Mei, schee, dass du da bisch, Lena. I hab uns grad
scho den Tee aufg'setzt. Komm doch rein!"

An ihren Beinen vorbei drängte sich ein riesengroßer
Hund, dessen zotteliges Fell über seine Augen hing. Er
lief schnurstracks auf Helena zu und sprang zur Begrüßung an ihr hoch.

„Guten Morgen, Waschtl", begrüßte Helena das große
Ungetüm und versuchte mit wenig Erfolg, ihn dazu zu
bewegen, seine dreckigen Pfoten nicht an ihrer Jeans-
jacke abzuwischen.

„Ah, geh, Waschtl, schau, dass'd nunterkommscht. So
was g'hört sich doch net." Wie immer sprach Franzi mit
so liebevoller Stimme mit ihrem Hund, dass ihm natürlich völlig unklar war, dass er etwas falsch machte.
Franzi liebte ihren Waschtl einfach abgöttisch, sodass
sie es nicht über's Herz brachte, ihn richtig zu schimp-
fen.

Endlich ließ der große Hund von seinem Opfer ab
und wandte sich gähnend in Richtung Frauchen, das
ihm liebevoll über den riesigen Schädel strich.

„Bisch scho a ganz Feiner, ge?"

„Ich hab uns Semmeln und Brezen mitgebracht."

„Prima, dann lass uns doch glei auf d'Terrasse gehn.
Des Wetter isch so schee heut, da hab i mir dacht, dass
mir doch vorne draußen frühstücken könnten."

Helena folgte ihrer Kollegin ums Haus und freute sich
gleich darauf über den liebevoll gedeckten Kaffeetisch
auf der Terrasse. Neben gekochten Eiern und einem
großzügigen Käseteller fanden sich noch selbst ge-
machte Marmelade und ein großes Glas Honig. Auf den
gelben Steingut-Teller lagen gefaltete, rot karierte
Stoff-Servietten, die perfekt zu dem roten Tischtuch

passten. In der Mitte des Tisches stand eine Vase mit frischen Wildblumen.

„Oh, wie schön", rief Helena anerkennend aus.

„Setz di doch. I hol nur no schnell den Tee, dann kann's losgehen."

Helena setzte sich und rückte schnell ihren Stuhl näher an den Tisch, um zu verhindern, dass Waschtl, der in der Nähe lauerte, seinen versabberten Kopf auf ihre Beine legte. Sie warf ihm einen triumphierenden Blick zu, woraufhin er sich erhob und unter den Tisch lief. Plötzlich rumpste es gewaltig, als Waschtls großer Schädel gegen die Tischplatte stieß. Erschrocken sprang Helena auf und griff nach der Vase, die bedenklich ins Wackeln geraten war. Als sie sich wieder setzte, dauerte es keine Sekunde, bis bereits ein verwuschelter Hundekopf auf ihrem Schoss lag, noch bevor sie ihren Stuhl wieder zurechtrücken konnte.

„Mei, wie lieb", kommentierte Franzi den Anblick, als sie mit einer großen geblümten Teekanne, Marke Großmutter, auf die Terrasse trat. „Der mag di halt scho gern, unser Waschtl, ge?"

Helena nickte verbissen und hätte schwören können, dass der Hund frech grinste, bevor er schmatzend die Augen schloss.

Helena genoss das Frühstück in vollen Zügen, trotz Waschtl, der keinen Millimeter zur Seite wich. Bienen summten durch den Garten, um sich die letzten Pollenvorräte zu sichern. Der kleine Apfelbaum war so beladen mit rotbackigen Äpfeln, dass sich die Zweige beinahe bis zum Boden neigten. Ein leerer Erntekorb stand auf dem Boden und wartete auf seine Füllung.

Die beiden Frauen sprachen über Gott und die Welt und genossen die warmen Sonnenstrahlen auf der Haut. Nachdem sie gemeinsam abgeräumt hatten, machten sie mit Waschtl an der Wertach entlang einen ausgiebigen Spaziergang. Ein Schwanenpaar zog stolz seine Runden auf dem träge fließenden Wasser. Als der neugierige Waschtl ihnen zu nahe kam, plusterte sich ein Schwan auf und fauchte den Hund an. Waschtl erschrak und machte einen großen Satz zur Seite, woraufhin er von der Böschung abrutschte und in das seichte Uferwasser fiel.

Helena musste grinsen, gönnte sie dem Ungeheuer doch den kleinen Ausrutscher. Was musste der auch immer seine neugierige Schnauze in Dinge stecken, die ihn nichts angingen? Triefnass kletterte der große Hund die Böschung hinauf und bevor Helena reagieren konnte, schüttelte er sein Fell direkt neben ihr, sodass das Wasser, das nach allen Seiten spritzte, sie gehörig durchnässte.

„Mensch, Waschtl, was machsch denn scho wieder?", tadelte Franzi ihren Hund, während er ihr die Hand leckte.

Helena stand da wie ein begossener Pudel und wieder hätte sie schwören können, ein heimtückisches Glitzern in Waschtls braunen Hundeaugen wahrnehmen zu können.

„Zum Glück isch es ja warm, ge, Lena?"

Helena nickte zähneknirschend. Eigentlich mochte sie den großen Hund ja sogar ein wenig, aber jedes Mal, wenn sie ihn sah, musste sie ihre ganzen Sachen in die Wäsche geben. Ganz zu schweigen von der Putzaktion, als Waschtls dreckige Pfoten Riesenflecken auf ihren hellen Autositzen hinterlassen hatten!

Der restliche Spaziergang verlief friedlich. Als die beiden Frauen danach wieder auf Franzis Terrasse saßen und sich ein Glas Prosecco gönnten, lag der große Hund schnarchend zu Helenas Füßen. Der lange Spaziergang hatte ihn erschöpft.

Endlich berichtete Helena Franzi von Nicks absonderlichem Verhalten. Die Augsburgerin hörte aufmerksam zu.

„Des hört sich gar net nach dem Nick an", bemerkte sie, als Helena geendet hatte.

Helena schüttelte den Kopf. „Eben. Und genau das macht mir solche Sorgen! Wenn ich nur wüsste, was mit ihm los ist!"

„Vielleicht braucht er wirklich nur eine kleine Auszeit", versuchte Franzi, sie zu trösten. „Der wird halt viel im G'schäft um die Ohren ham, weißsch?"

Helena sah sie hoffnungsvoll an. „Meinst du?"

„Na klar", antwortete Franzi zuversichtlich. „Du hasch doch grad g'sagt, dass die große Scheibe in seim G'schäft kaputt isch. Da wird er halt viel Ärger ham und lässt ihn halt an dir aus. Des isch zwar au net ok, aber zeigt halt au, dass er dir vertraut, oder?"

Helena nickte langsam. „Das macht tatsächlich Sinn. Danke, Franzi." Sie umarmte die neben ihr sitzende Franzi erleichtert.

Bevor Helena aufbrach, half sie Franzi noch bei der Apfelernte. Sie genoss den Geruch der reifen Früchte und das Beisammensein mit ihrer Freundin. Sie verbrachten einen unbeschwerten Tag miteinander, der wie im Flug verging. Es gelang Helena tatsächlich, ihre Sorgen für ein paar Stunden zu verdrängen.

Zu Hause angekommen, packte Helena die großen Äpfel aus, die Franzi ihr mitgegeben hatte, und legte sie in eine hübsche Porzellanschale. Eigentlich hatte sie heute noch laufen gehen wollen, nachdem es gestern nichts geworden war, aber irgendwie hatte sie keine Lust darauf. Immerhin war sie heute schon geradelt und spazieren gegangen! Also machte sie sich noch einen großen Salat und machte es sich wieder vor dem Fernseher bequem. Der Film, den sie ansah, fesselte sie nicht sonderlich, deshalb war Helena dankbar, als das Telefon klingelte und ihre Mutter anrief, um ihr den neuesten Klatsch und Tratsch aus Hamburg zu erzählen. Über eine Stunde telefonierten sie miteinander.

Kurz erwog Helena, ihrer Mutter von ihrem Zerwürfnis mit Nick zu erzählen, verwarf den Gedanken aber gleich darauf. Sicherlich würde alles bald wieder ins Lot kommen! Sie wollte ihre Mutter nicht unnötig sorgen. Die meiste Zeit redete sowieso ihre Mutter und berichtete von dem Allerneusten: Johannes hatte eine Freundin! Helena freute sich für ihren Großcousin und nahm sich fest vor, ihn bald anzurufen und nach Details zu befragen.

Als ihre Mutter auflegte, war es schon zehn Uhr durch und Helena war hundemüde. Sie legte sich ins Bett und las noch ein paar Seiten in ihrem Krimi, bevor sie das Licht löschte und bald eingeschlafen war.

Der Sonntag verlief größtenteils ereignislos. Nach dem Frühstück joggte Helena endlich eine Runde. Diesmal lief sie am Lech entlang, dem größeren der beiden Augsburger Flüsse. An einer der zahlreichen Kiesbänke machte sie Halt und setzte sich ein wenig in die Sonne. Ihre Gedanken kreisten unermüdlich um Nick. Sie vermisste ihren Freund schmerzlich, war dies doch das erste Wochenende seit Langem, das sie ohne ihn verbrachte. Warum nur verhielt er sich so seltsam? Würde er doch einfach mit ihr reden!

Beim Heimjoggen bemerkte sie, dass einige Spaziergänger Jacken trugen. Es wurde wirklich langsam, aber sicher Herbst. Vereinzelt raschelte sogar bereits Laub unter ihren Füßen. Lange würde es nicht mehr dauern, bis die Bäume ihr grünes Gewand zunächst gegen ein leuchtend rotes und dann braunes eintauschen würden, bevor sie sich gänzlich ihrer Pracht beraubt, in den Winterschlaf zurückzogen.

Zu Hause angekommen, setzte sich Helena nach einer ausgiebigen Dusche mit einer heißen Tasse Tee an den Küchentisch und dachte über ihren aktuellen Fall nach. Sie machte sich hin und wieder ein paar Notizen in ihr Büchlein, vor allem notierte sie sich Fragen, denen sie kommende Woche nachgehen wollte. Es gab einfach noch zu wenige Anhaltspunkte!

Am Abend briet sich Helena ein saftiges Stück Rindfleisch, das sie vorher in einer würzigen Kräuteröl-Marinade eingelegt hatte. Dazu gab es Rosmarinkartoffeln aus dem Backofen. Lecker! Irgendwie war Helena eigentümlich zufrieden, da ihr Wochenende – entgegen ihren Befürchtungen – gar nicht mal so schlimm geworden war.

Der nächste Tag begrüßte sie mit einer richtig miesen Montag Morgen-Stimmung. Das Wetter war grau in grau und heftige Windböen ließen die Scheiben erzittern. Durchaus passend, fand Helena, die am Küchentisch sitzend ihr Müsli mampfte. Immerhin hatte sie eine ganze Arbeitswoche vor sich.

Diesmal achtete sie darauf, überpünktlich zur Arbeit zu kommen, was jedoch, sehr zu Helenas Unmut, von niemandem wahrgenommen wurde. Wo war denn Herr Meier, wenn er mal gebraucht wurde?

Als Franzi kurz darauf in ihr gemeinsames Büro geschneit kam, saß Helena bereits vor ihrem Bildschirm und bemühte sich, etwas über das Mordopfer Salvatore Bernardi herauszufinden. Franzi begab sich ebenfalls gleich an die Arbeit und eine ganze Weile lang war nur Tastaturgeklapper und das überlaute Ticken der Bürouhr zu hören.

Zwei Stunden später gähnte Franzi undamenhaft und lautstark und streckte sich ausgiebig. „Mensch, Lena, des isch fei echt net leicht, an Informationen zu kommen. Der Herr Weigang scheint net grad ein … wie sagt man", sie zog nachdenklich ihre Stirn kraus, „ah ja, ein digitaler Mensch zu sein." Sie erhob sich von ihrem Sessel und ging zur Tür. „I mach mir nen schönen Milchkaffee. Magsch au einen?"

Dankbar nickte Helena und lehnte sich seufzend im Stuhl nach hinten. Franzi wuselte aus dem Zimmer und kehrte kurz darauf mit zwei großen Tassen zurück, die sie vorsichtig vor sich her balancierte. Sie stellte die Tassen auf dem runden Tisch in der Ecke ab und wandte sich wieder zur Tür.

„I komm glei wieder, Lena."

Helena erhob sich und setzte sich an den Tisch. Sie nahm ihre Tasse zwischen beide Hände und genoss die Wärme, die sie ausstrahlte. Die Tür öffnete sich und eine grinsende Franzi kam herein, einen Teller mit sich bringend.

„Schau mal, Lena, was i für uns ergattert hab!", sagte sie freudestrahlend. „Die Rieger von der Verwaltung hat Geburtstag und hat nen riesigen Mohnzopf in'd Küche g'schtellt!" Sie stellte den Teller in die Mitte des Tisches. Zwei großzügige Stücke Zopf lagen darauf.

„Mensch, das trifft sich ja gut", sagte Helena, sich gleich eines der Stücke sichernd. „Ich hab echt Kohldampf!" Sie biss in den lockeren Zopf und schloss genießerisch die Augen. Hm, wie gut der schmeckte! Ganz frisch!

Ungläubig sah Helena Franzi dabei zu, wie sie ihren Mohnzopf in den Milchkaffee tunkte, mit dem Ergebnis, dass lauter Mohnbrösel in dem Kaffee schwammen, der Zopf auseinanderfiel und sich die Brösel auf dem Tisch verteilten. Helena schüttelte grinsend den Kopf. Ungerührt befeuchtete Franzi ihren Zeigefinger mit dem Mund und drückte ihn gegen die Brösel, um sie gleich darauf genüsslich abzulecken. Sie bemerkte Helenas Grinsen.

„Was denn? I werd doch den leckeren Zopf net verschwenden."

Helena lachte. „Der war aber auch wirklich gut", sagte sie anerkennend. Sie trank ihren Milchkaffee aus und wischte sich mit dem Handrücken über den Mund.

„Irgendwie erscheint mir die Sache mit Herrn Bernardi immer schleierhafter", lenkte Helena das Gespräch zurück auf die Arbeit.

Interessiert sah Franzi auf.

„Sein Cousin hat etwas von Aktienhandel erzählt und dennoch kann ich einfach nichts über ihn im Internet finden!" Helena schüttelte den Kopf. „Das ist doch mehr als ungewöhnlich, findest du nicht? Heutzutage geht doch alles übers Internet!"

Franzi nickte. „Stimmt scho. Des find i au net wirklich plausibel." Nachdenklich spielte sie mit ihrer Tasse. „Wenn nur die Frau von dem Salvatore net nach Italien g'fahren wär!"

„Genau, auch das ist in meinen Augen mehr als ungewöhnlich! Man lässt doch nicht einfach so alles zurück! Es gibt ja auch noch jede Menge zu regeln, mit der Beisetzung und so! Vielleicht auch Geschäftliches ..."

„I glaub, du solltsch nomml mit dem Giovanni reden. Vielleicht kriegsch no was aus dem raus."

Helena nickte zustimmend. „Bei dir läuft's auch nicht so gut?", erkundigte sie sich fürsorglich.

Frustriert hob Franzi beide Arme hoch. „Ne, leider net. Der Weigand isch internettechnisch ein unbeschriebenes Blatt. I werd glei zu ihm fahren und ihn nomml befragen."

„Gute Idee. Vielleicht kann dich ja der Schorsch fahren", sagte Helena und stand auf, die Tassen und den Teller vom Tisch abräumend.

„Den hab i vorhin scho ang'funkt. Er steht bereit", erwiderte Franzi grinsend.

Der gutmütige Streifenpolizist Schorsch spielte gerne Franzis Chauffeur, da die naturliebende Augsburgerin keinen Führerschein besaß. Meistens fuhr sie mit dem Fahrrad überallhin, nur wenn sie's eilig hatte, bat sie Schorsch, sie zu fahren. Anfangs hatte Helena den dicken Bullen, wie sie ihn heimlich genannt hatte, nicht ausstehen können, aber nachdem er in ihrem ersten Fall in Augsburg eine große Rolle gespielt hatte, war er ihr ans Herz gewachsen.

„Dann treffen wir uns später wieder hier im Büro, in Ordnung?"

„So mach mer's!"

Franzi schnappte sich ihre Jacke und verließ das Büro. Helena holte ihr Handy heraus und sah enttäuscht, dass sie immer noch keine Nachricht von Nick bekommen hatte. Nur eine Nachricht ihrer Mutter war zu lesen, die ihr das Rezept für ihren berühmten Grünkohlauflauf geschickt hatte, um das Helena sie bei ihrem letzten Telefonat gebeten hatte. Helena musste über die geschwollene Wortwahl ihrer Mutter grinsen:

Bei 180 Grad für 30 Minuten in den Ofen schieben und anschließend munden lassen.

Helena nahm sich fest vor, bei ihrem nächsten Besuch auf dem Stadtmarkt eine große Portion Grünkohl mitzunehmen. So ein Gericht war genau das Richtige für einen trüben Herbsttag!

Helena stand auf und suchte ihre Sachen zusammen. Sie packte ihr Notizbuch in ihre Handtasche und nahm ihre Jacke vom Ständer. Bei dem kalten Wind heute war das auch bitter nötig!

Sie fuhr in den Stadtteil Bärenkeller und stellte ihr Auto vor dem Einfamilienhaus der Bernardis ab. Das

Haus wirkte unbewohnt. Alle Lichter waren aus und die Rollläden im ersten Stock waren halb heruntergelassen.

Helena stieg aus und klingelte. Zunächst tat sich nichts und die Kommissarin befürchtete schon, niemanden anzutreffen, als plötzlich die Tür geöffnet wurde. Giovanni Bernardi sah sie unfreundlich an.

„Was ist denn noch?", fragte er unwirsch.

„Guten Tag erst mal, Herr Bernardi", entgegnete Helena verärgert.

Der Italiener zog eine Augenbraue hoch, sagte aber nichts.

„Ich hätte noch ein paar Fragen über Ihren Cousin."

„Ich habe gesagt, was ich wusste. Alles Weitere klären Sie bitte über unseren Anwalt." Er drückte Helena eine Karte in die Hand, auf der mit goldenen Lettern ein Monogramm aufgeprägt war: JH. Helena drehte die Karte um. Auf der Rückseite standen Name und Anschrift der Anwaltskanzlei: Josef Hochstätter, Konrad-Adenauer-Allee in der Augsburger Innenstadt. Irritiert sah Helena den Italiener an. Seit wann benötigte die Familie des Opfers einen Anwalt?

Bevor sie zu reden ansetzen konnte, brummte ihr Gegenüber „Arrivederci" und schloss die Tür vor Helenas Nase.

Kopfschüttelnd lief Helena zu ihrem Wagen zurück. So eine Unverschämtheit! Sie drehte die Karte in der Hand und überlegte, wie sie weiter vorgehen sollte. Entschlossen zog sie ihr Handy aus der Tasche und wählte die Nummer auf der Karte.

„Anwaltskanzlei Hofstätter, mein Name ist Gisela Bleimeier, was kann ich für Sie tun?"

„Hansen, von der Kripo Augsburg. Ich würde gerne mit Herr Hofstätter über seinen Klienten Herrn Bernardi sprechen.“

„Einen Moment bitte.“

Es knackte in der Leitung und klassische Musik wurde eingespielt.

„Hören Sie?“, meldete sich die Dame an der anderen Leitung zurück. „Herr Hofstätter könnte Sie kommenden Freitag um 11 Uhr dazwischenschieben.“

Helena glaubte, nicht richtig zu hören. „Wie bitte?“, schnaubte sie in den Hörer. „Vielleicht haben Sie mich nicht richtig verstanden! Mein Name ist Hansen, Kriminalkommissarin Hansen. Ich ermittle hier in einem Mordfall und ich wünsche, Ihren Chef sofort zu sprechen!“

„Einen Augenblick bitte“, säuselte es von der anderen Leitung und Helena wurde wieder mit klassischer Musik beschallt.

Es knackte in der Leitung. „Herr Hofstätter ist heute den ganzen Nachmittag bei Gericht, Frau Hansen. Aber wenn Sie morgen Vormittag gegen zehn in die Kanzlei kommen könnten, hätte er Zeit für Sie.“

Na also, geht doch!, dachte Helena befriedigt.

Sie vereinbarte den Termin und fuhr zurück ins Präsidium. Franzi war noch nicht wieder da, dafür wartete die Auswertung des pathologischen Laborberichtes auf sie. Die DNA unter Herr Bernardis Fingernägeln war leider nicht aktenkundig. Wäre ja auch zu einfach gewesen!

Seufzend begab sich Helena wieder an ihre Recherche. Allem Anschein nach war Herr Bernardi noch nie mit dem Gesetz in Konflikt gekommen. Die wenigen Informationen, die sie über ihn fand, wiesen ihn als unbescholtenen Familienvater aus. Die Aufzeichnungen über ihn begannen, als Familie Bernardi vor acht Jahren nach Deutschland gezogen war. Beide Töchter waren in Augsburg geboren. Noch nicht mal ein Knöllchen hatten Salvatore Bernardi oder seine Frau erhalten, keine Geschwindigkeitsübertretung, kein Parkticket, nichts! Das war doch nicht zu fassen!

Zwei weitere lange Stunden ohne echte Erkenntnisse später traf Franzi im Büro ein. Sie warf ihre Jacke über den Kleiderständer und ließ sich auf ihren Bürostuhl plumpsen. „Vergeudete Zeit!", schimpfte sie vor sich hin.

„Au weia! So schlimm?", erkundigte sich Helena fürsorglich.

„Das isch so a sturer Bock! Des glaubsch du net!", sagte Franzi seufzend. „Er weiß nix, er kann nix dazu sagen, er erinnert sich net ..." Sie rollte mit den Augen.

„Blöd", pflichtete Helena ihr bei. Offenbar erging es Franzi nicht viel anders als ihr selbst. Kurz berichtete Helena ihrer Kollegin von ihren Erlebnissen.

„Des gibt's ja net!", staunte die kleine Kommissarin, als Helena ihr von ihrem Telefonat mit der Anwaltskanzlei berichtete. „Hat ma so was scho mal erlebt?" Sie schüttelte den Kopf.

„Jetzt hoffe ich einfach mal, dass mein Besuch bei diesem Anwalt neue Anhaltspunkte bringt", sagte Helena seufzend.

„I wünsch es dir, wenn's scho bei mir so schleppend läuft", antwortete Franzi sichtlich geknickt. „Alle Ladenbesitzer, die i heut befragt hab, ham entweder nix g'sehn oder waren grad beschäftigt, sodass se nix mit'krieg ham. Daweil muss des doch nen Riesenkrach geben ham, als der Laden zertrümmert worden isch!" Sie fasste sich nachdenklich an die Nase. „Nicks Schaufenschterscheibe isch ja au kaputt, hasch du g'sagt ..."

Helena sah irritiert hoch. „Vermutest du etwa einen Zusammenhang?"

„Ne, ne", winkte Franzi ab. „Der hätte des doch mit Sicherheit g'meldet, wenn des Fremdverschulden g'wesen wär."

Helena nickte. „Ja, das denke ich auch. Immerhin wird die Schadenssumme nicht gerade niedrig sein ..."

„Weißsch was? Heut komm mer nimmer weiter. Lass uns Schluss machen."

„Müssen wir nicht noch einen kurzen Bericht an Herrn Meier schreiben?", erinnerte Helena ihre Kollegin.

Die fasste sich stöhnend an die Stirn. „Stimmt ja! Des hätt i doch glatt vergessen! I schreib ihm schnell ne Mail." Eifrig tippte Franzi in ihren Computer.

„Was schreibst du ihm denn?", fragte Helena misstrauisch. Sie hatte nicht vergessen, dass Franzis etwas flapsige Art sie mehr als einmal bei ihrem Chef in Schwierigkeiten gebracht hatte.

„Kei Sorge!", grinste Franzi. „Und fertig!" Zufrieden lehnte sie sich zurück.

Helenas PC meldete eine ankommende Mail.

„I hab di ins CC g'setzt, damit du au im Bilde bisch", sagte Franzi erklärend.

Helena klickte auf ihre Mails und sah Franzis Nachricht in ihrem Posteingang. Der Betreff lautete:

Nix Neues.

Helena schwante Schlimmes. Sie las weiter:

Hallo, Herr Meier, wir haben nix Neues zu berichten. Die Leiche ist immer noch tot und die Lena und ich haben die Ermittlungen aufgeteilt. Ich ermittle die Sache aufm Stadtmarkt und sie die aufm Plärrer.

Viele Grüße
Franziska Danner

„Die Leiche ist immer noch tot?!" Entsetzt starrte Helena ihre Kollegin an. Die musste lachen.

„Isch doch luschtig, oder? Des lockert des Verhältnis zum Chef a bissle auf, findsch net?", verteidigte sich Franzi schmunzelnd.

„Na, ich weiß ja nicht ... Hoffentlich wird er nicht sauer, wenn er das liest!"

„A wo!", winkte Franzi ab. „Jetzt hau mer aber schnell ab. Nix wie naus aus dem Schuppen!"

Helena nickte dankbar. Der Tag hatte genau das gebracht, was der graue Morgen versprochen hatte: einen richtig miesen Montag! Es war richtig frustrierend, wenn man immer auf der Stelle tappte! Ein ganzer Tag im Büro und so gut wie keine neuen Anhaltspunkte. Seufzend packte Helena ihren Kram zusammen, verabschiedete sich von Franzi, die sich auch gerade fertigmachte, und verließ ihr Büro. Der Herbstwind fegte durch die Straße und leichter Nieselregen hatte eingesetzt, als Helena zum Parkdeck ging. So ein Schmuddelwetter!

Zu Hause angekommen, entschied Helena, sich zur Belohnung für diesen verhunzten Tag ein leckeres Abendessen zu gönnen, und bestellte ein Chicken Curry bei ihrem Lieblingsinder. In gemütlichen Leggins und dickem Pulli wartete sie vor dem Fernseher bei einem kitschigen Liebesfilm auf ihr Essen und als es endlich eintraf, aß sie es direkt aus der Aluschale vor der Glotze, eine dicke Kuscheldecke über den Beinen. Perfekt!

5.

Als Helena am Dienstagmorgen früh im Büro eintraf, saß Franzi bereits an ihrem Schreibtisch. Nach einer kurzen Begrüßung nahmen die Kommissarinnen ihre Arbeit auf. Kurz nach neun klingelte das Telefon und unterbrach die einträchtige Stille im Büro.

„Danner? ... Wie bitte? ... I glaub's ja net! ... Ja, klar, mir kommen sofort! Ach und bitte hängen'S des Fenschter zu! ... Scho g'schehn? ... Prima, danke und bis glei."

Franzi hängte den Hörer auf die Gabel und schüttelte irritiert ihren Kopf. „Des gibt's ja net", sagte sie mit gerunzelter Stirn an ihre Kollegin gewandt. „Lena, mir ham scho wieder a Leich!"

Helena riss überrascht die Augen auf. „Was ist geschehen?"

„Drinnen in der Innenstadt hängt ne Leiche in nem Raum direkt vor nem Fenschter, des nausgeht auf die Annastraße. Zum Glück warn no net so viele Leit heut früh unterwegs, weil die Geschäfte doch no net aufham." Sie stand auf und schnappte sich ihre Jacke. „Jetzt sin mer no kein Spur weiter mit unsrer Plärrerleich, dann ham mer scho wieder a neue!"

Helena nahm ihre Tasche und die Autoschlüssel. Kurz schoss ihr in den Kopf, dass sie nun den Termin mit dem Anwalt der Familie Bernardi versäumen würde, doch das hier war dringender.

Eilig verließen die Kommissarinnen ihr Büro und begaben sich auf schnellstem Wege in die Innenstadt. Eigentlich durfte man in die Annastraße weder hineinfahren, es sei denn, man belieferte eines der zahlreichen Geschäfte, geschweige denn dort parken. Die Kommissarinnen hatten es jedoch eilig und fuhren vorsichtig durch die Fußgängerzone, in der zum Glück nur wenige Menschen unterwegs waren.

Die Geschäftsinhaber packten gerade Lieferungen aus, die sie erst erhalten hatten, von vereinzelten neugierigen Spaziergängern beäugt. Vor einem Restaurant parkte Helena ihren Wagen nahe an der Hauswand, um die Straße nicht zu blockieren. Eine uniformierte Kollegin stand neben der Eingangstür und ließ die beiden Frauen eintreten, nachdem sie ihren Ausweis vorgezeigt hatten. Sie erklommen eine alte, knarzende Holzstiege und gelangten so in den zweiten Stock des ebenfalls alten, aber schön renovierten Hauses. Oben stand wiederum ein Uniformierter und wies ihnen den Weg. Auf Nachfrage erklärte er, dass die Leiche von einem gegenüberliegenden Geschäftsinhaber gesehen und gemeldet worden war. Sie hatten zunächst die Türe aufbrechen wollen, dann jedoch überrascht festgestellt, dass die Eingangstür nicht verschlossen war.

Kurz darauf standen die beiden Kommissarinnen in einem großzügigen Büroraum, in dem ein großer Mahagoni-Schreibtisch nebst dazugehörigem Sessel mit edlem Lederüberzug thronte und dazu passende Schränke, die mit allerlei Ordnern gefüllt waren. Der Raum hatte zwei hohe Fenster, die beide auf die Fußgängerzone hinausgingen. Vor dem hinteren der beiden Fenster baumelte an einem dicken Seil die Leiche eines gut gekleideten Mannes. Das Fenster, vor dem der Tote hing, war notdürftig mit einer Decke verhängt worden.

Helena hatte sich auf dem Weg in die Stadt die schlimmsten Dinge ausgemalt, was sie wohl vorfinden würde, da sie noch nie einen erhängten Menschen gesehen hatte. Als sie den Toten jedoch näher betrachtete, war sie dann doch überrascht, da er eigentlich nicht viel anders aussah als andere Tote, die sie im Laufe ihre Karriere bei der Polizei zu Gesicht bekommen hatte. Sie machte sich Notizen über den Fundort und eine schnelle Skizze, während Franzi Fotos machte.

„Ah, die Damen sind ja bereits vollauf beschäftigt", ertönte eine sonore Stimme vom Eingang her. Dr. Lysander betrat den Raum. An der niedrigen Türe musste er seinen Kopf einziehen, um sich nicht denselben zu stoßen.

Die Kommissarinnen begrüßten den Pathologen und machten ihm Platz, damit er seine Arbeit verrichten konnte. Währenddessen unterzogen sie den Schreibtisch und die Schränke einer näheren Untersuchung. Natürlich hatten sie dabei Handschuhe an, um keine Spuren zu verwischen. Die SpuSi würde sicher auch jeden Moment eintreffen.

„Kommen'S mal her, die Damen", unterbrach Dr. Lysander ihre Arbeit nach einiger Zeit.

Folgsam kamen sie seiner Aufforderung nach und blieben gespannt vor dem Leichnam stehen.

„Fällt Ihnen etwas auf?", wollte der Arzt wissen.

Helena und Franzi sahen sich erstaunt an und schüttelten die Köpfe.

„Sieht halt tot aus, ge?", konnte sich Franzi nicht verkneifen zu sagen.

„Ja, schon, aber mehr halt auch nicht, oder?", erwiderte der Pathologe.

„Wie meinen Sie das?", fragte Helena verwirrt.

„Sehen Sie sich die Leiche einmal genau an: Es gibt keinerlei Anzeichen von petechialen Stauungsblutungen, keine Zyanose des Gesichts oder der Zunge." Er öffnete vorsichtig den Kiefer des Toten und deutete auf die rosafarbene Zunge.

„Und was heißt des jetzt auf Deutsch?", fragte Franzi interessiert.

„Das bedeutet, meine liebe Frau Danner, dass der Tote hier mit sehr großer Wahrscheinlichkeit bereits tot war, bevor er erhängt wurde."

Erstaunt sahen sich die Kommissarinnen an.

„Genaueres kann ich Ihnen nach der Obduktion sagen", sagte der Pathologe und räumte seine Sachen zusammen.

Nachdem Helena und Franzi sich von ihm verabschiedet hatten, war auch schon die SpuSi vor Ort.

„Einen Moment noch", sagte Helena, bevor die weiß gekleideten Männer und Frauen sie aus dem Raum komplimentieren konnten. Sie lief zur Garderobe und befühlte die dort hängende Jacke mit ihren behandschuhten Händen.

„Ah, wer sagt's denn", sagte sie triumphierend und angelte einen schwarzen Ledergeldbeutel aus einer der Taschen. Sie klappte ihn auf und besah sich den Inhalt.

„Sein Personalausweis", sagte sie zufrieden und deutete mit dem Ausweisdokument in Richtung Leiche. Franzi machte gleich ein Foto von dem Ausweis, bevor sie ihn den streng dreinblickenden Herrschaften von der SpuSi überließen und sich nach einer schnellen Butterbreze auf den Rückweg ins Präsidium begaben.

„Luis Zeitlhammer", las Helena die Eintragung auf ihrem Bildschirm vor, „wurde 1968 in Augsburg geboren und war weder verheiratet noch hatte er Kinder. Keine Vorstrafen oder sonstige Eintragungen."

Franzi lauschte interessiert Helenas Ausführungen und machte sich währenddessen ein paar Notizen. Dann stand sie auf und umrundete den Schreibtisch.

„Gib doch mal seinen Namen in die Suchmaschine ein, Lena."

Als Helena auf Enter drückte, war sie von der Vielzahl der Einträge überrascht. Als Erstes erblickten sie ein Foto, das den lachenden Luis Zeitlhammer mit der Oberbürgermeisterin der Stadt Augsburg zeigte. Franzi zog sich einen Stuhl neben Helena und las gespannt den Eintrag.

„Eröffnung des neuen Luxus-Restaurants *Zirbelnuss*", las sie vor sich hin murmelnd vor. „Der gebürtige Augsburger Luis Zeitlhammer bietet in seinem Restaurant neben kulinarischen Köstlichkeiten aus der Umgebung auch allerlei italienische Spazialitäten an."

„Warst du da schon mal essen?", unterbrach Helena sie.

„I? Im Leben net!", winkte Franzi ab. „In so ein Schicki-Micki-Laden pass i doch net nei."

Helena grinste und musste ihrer Kollegin insgeheim recht geben.

Sie klickte auf die Homepage des Restaurants und scrollte durch die Speisekarte. Überrascht pfiff sie durch die Zähne. „Acht Euro für ein Glas Prosecco! Das ist mal eine Hausnummer!“

„Sag i doch!“, pflichtete Franzi ihr bei. „Des isch a sauteurer Schuppen!“

Helena klickte zurück und besah sich die Artikel, die auf der Homepage zu finden waren. „Sieht so aus, als hätte Herr Zeitlhammer jede Menge Auszeichnungen für seine Küche erhalten“, stellte sie fest. „Sieh mal, hier sind lauter Links zu Artikeln in der Augsburger Zeitung, die über ihn und sein Lokal berichten.“

„O weh“, stöhnte Franzi. „Tote Stadt-Prominenz! Des bedeutet jede Menge Presse!“

Lautstark wurde die Tür zu ihrem Büro aufgerissen und Kriminalhauptkommissar Meier stürmte herein. „Ist das wirklich wahr?“, rief er den Damen aufgebracht entgegen.

„Kommt drauf an, was wahr sein soll, Chef“, sagte Franzi mit Unschuldsmiene.

„Jetzt lassen'S einmal den Blödsinn, Frau Danner! Ist der Zeitlhammer wirklich tot?“

Helena nickte. „Leider ja. Seine Leiche wurde erhängt in seinem Büro aufgefunden.“

Entgeistert starrte ihr Chef sie an. „Was? Der Zeitlhammer hat sich aufg'hängt?“ Vor lauter Aufregung verfiel er in den lokalen Dialekt, obwohl er sich normalerweise sehr bemühte, Hochdeutsch zu sprechen.

„Nicht ganz. Momentan sieht es danach aus, als wurde sein Leichnam nach Eintritt des Todes aufgehängt, aber wir müssen natürlich noch den offiziellen pathologischen Bericht abwarten“, klärte Helena ihn auf.

„Ermordet worden ist der?“ Kriminalhauptkommissar Meier ließ sich stöhnend auf einem Stuhl am Tisch sinken. „Des gibt jede Menge Presserummel!“

Franzi zwinkerte Helena zu, schließlich war ihr der Gedanke längst gekommen.

„Weiß man schon, wer’s war?“, fragte Herr Meier hoffnungsvoll.

„Ne, *man* weiß no net, wer’s war!“, erwiderte Franzi schnippisch. „Und *frau* übrigens au net.“

Ein strafender Blick aus den hellblauen Augen ihres Chefs traf die Augsburger Kommissarin.

„Wir haben uns eben drangesetzt, Herr Meier“, beschwichtigte Helena die Situation. „Aber für definitive Aussagen ist es noch viel zu früh.“

„Nun gut, meine Damen.“ Herr Meier erhob sich und knöpfte sein Sakko zu. „Dann will ich nicht länger stören. Wenn’S Hilfe bei Ihren Ermittlungen brauchen, sagen’S gleich Bescheid. Der Fall hat absolute Priorität!“ Nach einem strengen Blick in die Runde zog er die Tür hinter sich zu.

„So a Wichtigtuer“, schimpfte Franzi.

„Er hat halt Angst vor der negativen Presse“, startete Helena einen halbherzigen Versuch, ihren Chef zu verteidigen.

„Als würd mer net wissen, was aufm Spiel steht!“ Franzi stand auf und fuhr sich erregt mit der Hand durch die rotblonde Wuschelmähne.

Nur selten erlebte Helena Franzi so genervt. Normalerweise sprühte die Augsburgerin geradezu vor guter Laune. Sie erhob sich, ging zu ihrer Kollegin und drückte sie kurz an sich.

„Schau mal, Franzi", sagte sie, während sie ihre Freundin zum kleinen Tisch führte und sie freundlich, aber bestimmt auf einen Stuhl drückte. „Es nützt ja nichts, wenn du dich so aufregst. Ich mache dir jetzt eine schöne Tasse Kräutertee und dann besprechen wir, wie es weitergehen soll, ok?"

Sie wartete Franzis Antwort gar nicht ab, sondern verließ gleich darauf das Büro. Als sie ein paar Minuten später wiederkam, war Franzi bereits merklich ruhiger. Dankbar nahm sie die dampfende Tasse von Helena entgegen.

„Danke, du Gute." Sie schnupperte an dem Getränk und nahm einen vorsichtigen Schluck.

„Deine Kekse stehen übrigens immer noch in der Kaffeeküche", sagte Helena grinsend. „Ist kaum etwas weggekommen. Anscheinend hat sich herumgesprochen, dass man damit vorsichtig sein sollte."

„Vielleicht sollt i dem Meier nomml ein paar von den Keksen unterjubeln", brummte Franzi immer noch leicht verstimmt.

Helena musste lachen. Immerhin hatte ihre Kollegin ihren Humor wiedergefunden. Nachdem sie ihr Notizbuch vom Schreibtisch geholt hatte, nahm auch Helena an dem runden Tisch Platz.

„Wie sollen wir weiter vorgehen? Unsere eigentliche Aufteilung ist mit dem neuerlichen Fall wohl hinfällig, nicht wahr?"

Franzi nickte. „Des stimmt natürlich." Sie überlegte, die Nase kraus ziehend. „Vielleicht mach mer's so: Eine von uns übernimmt die bisherigen Fälle, das heißt, den

Mord an Herrn Bernardi und die Sache auf dem Stadtmarkt, und die andere ermittelt in Sachen Zeitlhammer."

„Das wird wohl das Beste sein", stimmte Helena zu. „Welchen Teil willst du übernehmen?"

„I würd mi um den Bernardi und so weiter kümmern, wenn's dir nix ausmacht. Im Fall Zeitlhammer muss ma sicher mit jeder Menge Schickis sprechen und mit dene komm i irgendwie net so gut z'recht, weißsch?"

„In Ordnung. Dann gebe ich dir meine bisherigen Unterlagen. Und du müsstest einen neuen Termin in der Anwaltskanzlei ausmachen. Den heute Vormittag haben wir nun leider verpasst!"

Franzi grinste. „Kein Problem! Da schau i glei nachher mal vorbei."

Der unerschütterliche Optimismus ihrer Kollegin war zurück! Ein klein wenig tat der Anwalt Helena jetzt schon leid. Franzi würde mir Sicherheit nicht lockerlassen, bis sie ihn gesprochen hatte.

„Gut", sagte Helena und stand entschlossen auf. „Dann schreibe ich eine kurze Nachricht an Herrn Meier, wie wir die Fälle aufgeteilt haben." Sie hatte sich fest vorgenommen, das so oft wie möglich selbst zu übernehmen.

„Prima", sagte Franzi und leerte ihre Tasse mit einem kräftigen Zug. „So mach mer's. Am beschten treff mer uns abends immer kurz vor Feierabend hier und tauschen uns aus."

Nachdem Helena ihrer Kollegin die Unterlagen gegeben hatte, die sie zum Fall Bernardi angesammelt hatte, was zugegebenermaßen nicht gerade viel war, setzte sie sich an den PC und tippte eine kurze Nachricht an

Herrn Meier. Anschließend vertiefte sie sich wieder in die Internetrecherche über Herrn Zeitlhammer, was angesichts der Vielzahl der Artikel längere Zeit in Anspruch nahm.

Als Helena sich endlich zurücklehnte, bemerkte sie überrascht, dass es beinahe schon sechzehn Uhr war. Sie hatte gar nicht bemerkt, dass die Zeit so schnell vergangen war. Gähnend streckte sie sich ausgiebig.

„Müde, Frau Kollegin?", ertönte eine tiefe Stimme von der Tür, die Helena durch Mark und Bein fuhr.

Sie sprang auf. „Herr Meier, ich hab Sie gar nicht hereinkommen hören ...", stotterte sie, während ihr Gesicht eine tiefrote Farbe annahm.

„Heute Abend um sechs wird eine Pressekonferenz zum Fall Zeitlhammer stattfinden. Die Presseheinis rufen ununterbrochen an. Weiß der Teufel, wie die so schnell Wind von der Sache bekommen haben." Er taxierte Helena streng über die Ränder seiner Lesebrille hinweg. „Stellen Sie mir Ihre bisherigen Ermittlungsergebnisse zusammen, damit ich etwas vorzutragen habe."

„So viel gibt es da noch gar nicht zu sagen ...", wollte Helena einlenken, wurde jedoch von ihm mit einer ungeduldigen Handbewegung unterbrochen.

„Das ist mir klar", sagte er brüsk. „Aber irgendwas muss ich denen halt sagen, Frau Hansen."

Helena nickte. „Verstanden."

„Alles klar. Dann erwarte ich die Sachen spätestens um 17.30 Uhr auf meinem Schreibtisch."

Herr Meier verließ das Büro und ließ eine stöhnende Helena zurück. Sie würde Überstunden einlegen müssen, dabei hatte sie sich doch fest vorgenommen, noch mal bei Nick vorbeizuschauen. Sie bereute ihre harten Worte bei ihrem letzten Treffen bereits.

Ihr Handy pingte. Vielleicht war das ja endlich eine Nachricht von Nick! In den letzten Stunden hatte sich so viel ereignet, wodurch sie kaum an ihren Freund hatte denken müssen. Helena angelte so schnell nach ihrem Handy, dass es beinahe vom Tisch segelte. Angespannt sah sie auf das Display. Eine Nachricht von Franzi. Enttäuscht klickte Helena sie an. Ihre Kollegin teilte ihr mit, dass sie heute nicht mehr ins Büro kommen würde. Sie hatte lange gebraucht, sich den Anwalt zu greifen, und war ihm wohl bis in den Gerichtssaal nachgerannt. Anschließend hatte sie eine weitere Befragungsrunde auf dem Stadtmarkt gedreht, leider ohne viel Erfolg.

Helena tippte schnell eine Antwort, dass es natürlich in Ordnung war, wenn Franzi heute nicht mehr käme. Anschließend setzte sie sich wieder an den PC und machte sich daran, ihrem Chef brauchbare Hinweise zu liefern. Pünktlich um halb sechs lieferte sie die Ergebnisse bei seiner Sekretärin ab und wollte sich gerade wieder aus dem Staub machen, als Herr Meier in der offenen Tür zu seinem Büro erschien.

„Zeigen'S gleich mal her", sagte er, die Hand auffordernd ausgestreckt.

Helena gab ihm die gewünschten Unterlagen und verharrte wartend, während ihr Chef sie durchsah.

„Viel ist das ja nicht gerade", brummte Herr Meier, nachdem er seine Lektüre beendet hatte.

„Sobald der Obduktionsbericht kommt, wissen wir mehr. Morgen fange ich mit Befragungen im Umfeld des Toten an. Immerhin kam bereits der Bericht der

SpuSi, wie Sie sehen können, der besagt, dass im Büro von Herrn Zeitlhammer kein Abschiedsbrief oder Ähnliches gefunden wurde. Ein weiterer Hinweis auf einen nicht selbst verschuldeten Tod."

Herr Meier nickte. „Denken'S bitte daran, Frau Hansen, dass dieser Fall sehr wichtig ist. Die Presse wird nicht lockerlassen!"

„Natürlich, Herr Meier."

Mit einer Handbewegung entließ ihr Chef sie endlich.

Natürlich, Herr Meier, äffte sich Helena in Gedanken verärgert selbst nach, als sie zum Parkdeck lief. Es nervte sie, dass sie das Gefühl hatte, immer wie ein kleines Mäuschen vor ihrem Chef zu stehen, und gefühlt jede Selbstsicherheit schlagartig einbüßte. Den ganzen Weg nach Hause verfolgte sie ein ungutes Gefühl, das sich in der Magengegend ausbreitete. Sie nahm sich fest vor, ihrem Chef das nächste Mal selbstbewusster entgegenzutreten.

Als sie aus dem Aufzug stieg, stieß sie beinahe mit Nick zusammen, der gerade auf dem Weg zu ihrer Wohnung war. Wollte er tatsächlich zu ihr? Hoffnungsvoll sah Helena ihren Freund an.

„Guten Tag, Helena", grüßte der sie förmlich.

„Hallo, Nick. Wolltest du zu mir?"

„Ich wollte nur nachfragen, ob bei dir alles in Ordnung ist."

Erstaunt zog Helena eine Augenbraue hoch. „Wieso sollte denn nicht alles in Ordnung sein?"

Nick wich ihrem forschenden Blick aus. „Nur so. Ich hab dich eine Zeit lang kaum gesehen und nachdem Franzi heute bei mir war, hab ich mitbekommen, was gerade so los ist in Augsburg ..."

Irritiert sah Helena ihn an. „Franzi war bei dir?"

„Ja, sie hat mich wegen der Sache mit Herrn Weigand befragt", teilte er ihr schulterzuckend mit.

„Magst du vielleicht reinkommen?" Helena deutete auf ihre Wohnungstür.

„Ein andermal", winkte Nick ab. Grenzenlose Enttäuschung breitete sich in Helena aus, als Nick sich mit wenigen Worten verabschiedete und zu seiner Wohnung lief. Als er die Tür hinter sich zuzog, wandte sich Helena ab und angelte nach ihrem Wohnungsschlüssel. Tränen liefen über ihre Wangen und ließen ihre Sicht verschwimmen, sodass sie es erst nach dem dritten Versuch schaffte, ihre Tür aufzusperren. Drinnen warf sie ihren ganzen Kram einfach auf den Boden und setzte sich gleich daneben. Ein paar Minuten ließ sie ihren Tränen freien Lauf. Da hatte sich einiges angestaut, was rausmusste!

Nach ein paar tiefen Atemzügen beruhigte sich Helena endlich wieder. Schniefend erhob sie sich vom kalten Boden und ging ins Badezimmer. Eine verquollene, beinahe dreißigjährige, tieftraurige Frau blickte ihr aus dem Badezimmerspiegel entgegen. Frustriert wusch sich Helena das Gesicht mit eiskaltem Wasser, um die Spuren der Tränen zu beseitigen. Lange konnte das nicht mehr so weitergehen! Diese Unsicherheit in ihrer Beziehung zermürbte sie langsam!

Am nächsten Morgen kam Helena wie gerädert im Präsidium an. Sie hatte schlecht geschlafen und darüber hinaus das Gefühl, dass ihre Tränensäcke durch ihr Heulen vom Vorabend die Größe von Pflaumen angenommen hatten.

Franzi war bereits bei der Arbeit. „Au weh!", sagte sie erschüttert, stand auf und nahm Helena fest in den Arm. Die genoss die Nähe zu ihrer Freundin von ganzem Herzen und wunderte sich, wie schnell Franzi ihre Gemütslage immer erspürte.

„Jetzt setz di a mal hin, Lenchen", sagte Franzi liebevoll und bugsierte sie auf einen Stuhl. „Magst nen Tee oder nen Kaffee?"

Helena verneinte. Geduldig saß Franzi ihr gegenüber und wartete. Die Freude über die Fürsorge ihrer Freundin durchbrach Helenas schlechte Stimmung wie vereinzelte Sonnenstrahlen trübes Herbstwetter. Es war so schön zu wissen, dass es jemanden gab, der sich um einen sorgte. Sie war nicht allein! Franzi wusste immer, wenn es ihr nicht gut ging, und sie ließ so lange nicht locker, bis sich das geändert hatte. Dabei war sie aber immer unaufdringlich und gab Helena die Zeit, die diese benötigte. Die Hamburgerin war es nicht gewohnt, offen über ihre Gefühle zu sprechen, merkte jedoch, wie gut es ihr tat, wenn sie es dann doch wagte.

„Es geht um Nick", fing sie zaghaft an und berichtete Franzi von ihrer Begegnung mit ihrem Freund. Ruhig hörte sich ihre Kollegin die Geschichte an und nahm anschließend Helenas Hand zwischen ihre.

„Lenchen, keine Ahnung, was für eine Laus dem Nick über'd Leber g'laufen isch! Aber immerhin sorgt er sich um dich! Des isch doch a gutes Zeichen, oder etwa net?"

Hoffnungsvoll sah Helena Franzi an. „Meinst du?"

„Aber sicher", versicherte ihr Franzi im Brustton der Überzeugung. „Eins sag i dir, Lena", sie plusterte sich zu ihrer vollen Größe auf, was ehrlich gesagt, nicht gerade

groß war, „wenn der dir weiterhin wehtut, kriegt er's
mit mir zu tun!"

Franzis wilder Gesichtsausdruck brachte Helena zum
Lachen. Sie wusste, dass sie sich immer auf ihre Freundin verlassen konnte.

„Vielleicht trinken wir doch eine Tasse Milchkaffee,
dann kannst du mir berichten, was du gestern alles erlebt hast", schlug Helena vor.

„Gerne." Franzi strahlte über beide Backen. „Wart, i
hol einen."

So schnell konnte Helena gar nicht schauen, da war
Franzi bereits aus dem Büro gewirbelt.

Nachdem sie mit zwei großen geblümten Tassen zu-
rückgekommen war, berichtete Franzi Helena ausführlich von ihrem Gespräch mit dem Anwalt der Familie
Bernardi.

„Mei, des war vielleicht ein G'frett, den überhaupt zu
finden, sag i dir!", stöhnte Franzi, die zuerst die Sekretärin hatte überzeugen müssen, ihr den Aufenthaltsort
ihres Chefs mitzuteilen. Helena hatte zwar keine Ahnung, was ein G'frett war, wollte jedoch ihre Kollegin
nicht unterbrechen.

„Z'erscht war i bei verschiedenen Klienten von dem
Hofstätter, aber immer, wenn i an'kommen bin, isch
der scho wieder weg g'wesen! Dann hab i ihn endlich
bei Gericht an'troffen!" Sie rollte mit den Augen. „Der
Richter war net grad happy, sag i dir ..."

Helena riss entsetzt die Augen auf. „Du hast ihn doch
nicht etwa aus einer laufenden Verhandlung herausge-
holt?"

„Freilich." Franzi grinste breit. „Der Hofstätter hat
vielleicht a Gezeter ang'schtellt, sag i dir! *Des kenna's*

doch net macha! Des wird a Nachspiel ham!' Bla, bla, bla …" Wieder rollte sie mit den Augen. „Der hat mit so nem deppertem Münchner Dialekt g'schprochen und außerdem war des a ganz schöner Schnösel!"

Helena schmunzelte. Sie konnte sich die Szene im Gerichtssaal lebhaft vorstellen. Franzi ließ eben nicht locker, wenn sie etwas unbedingt wollte.

„Hast du was Neues in Erfahrung bringen können?"

„Ne, eigentlich net viel. Der Hofstätter hat g'sagt, dass die Familie ihre Ruhe brauche, von wegen schwerer Schicksalsschlag und so, und dass mir ihr die gefälligst gönnen sollen."

Helena schüttelte den Kopf. „Das gibt's doch einfach nicht! Ist es denen egal, dass wir in einer Mordsache ermitteln?"

Franzi zuckte mit den Schultern. „Der Anwalt hat g'meint, dass es sich wahrscheinlich um einen missglückten Raubversuch handelt." Sie lachte verächtlich auf. „Als wär mer hier in New York oder Chicago und net in unsrem schönen Augschburg!"

„Wie kommt der denn auf Raubüberfall? Darauf deutet doch überhaupt nichts hin? Sogar die Brieftasche trug er noch bei sich!"

Franzi hob beide Hände. „Was weiß denn i? Der Hofstätter hat sie nimmer alle, des steht mal fescht! Aber was will ma von so nem Münchner Schnösel au erwarten …?"

Helena grinste innerlich. In Franzis Augen waren die meisten Münchner Schnösel. Vor allem die „komische Sprache", wie ihre Kollegin gern betonte, fand sie absonderlich. Ausgerechnet!

„Sieht so aus, als ob wir da auch nicht weiterkommen", stellte Helena resigniert fest.

„Ach was, i lass mi von so nem Heini doch net abhalten", widersprach Franzi vehement. „Kennsch mi doch!" Verschmitzt zwinkerte sie Helena zu. „I nerv den so lang, bis der mir was Brauchbares sagt!"

Helena lachte. „Tu das!" Gleich darauf wurde sie wieder ernst und berichtete Franzi von ihren eigenen Ermittlungen.

„Au weh!", sagte ihre Kollegin, die mit besorgter Miene zugehört hatte, nachdem Helena mit ihren Ausführungen fertig war. „Des hab i befürchtet! Aber dass glei am erschten Tag ne Pressekonferenz stattfindet ..." Nachdenklich nippte sie an ihrem inzwischen kalten Kaffee. „Irgendwie stecken mir beide da in ner ganz schönen Sackgasse, ge, Lena?"

Seufzend musste Helena ihr recht geben. „Jammern hilft ja leider nichts!" Sie straffte ihre Schultern. „Aber wie ich uns kenne, schaffen wir das schon!"

„Richtig, Lena! Auf geht's! Des pack mer!", stimmte Franzi ihr kämpferisch zu.

Die beiden Frauen begaben sich beschwingt zu ihren Schreibtischen, um weiterzurecherchieren. Helena notierte sich sämtliche Namen von Personen, die laut Internet mit Herrn Zeitlhammer in Kontakt gestanden waren. Nachdem sie fertig war, besah sie sich die lange Liste genauer. Am vielversprechendsten war wohl sein ehemaliger Geschäftspartner Michael Münster, mit dem Herr Zeitlhammer jahrelang ein Lokal betrieben hatte. Mit ihm würde sie anfangen. Anschließend würde Helena die Inhaber der umliegenden Geschäfte befragen. Wäre ja gelacht, wenn sie nicht etwas Licht ins Dunkle brächte! Sie notierte sich sorgfältig die Adresse von Herrn Münster und schnappte sich ihre Tasche. Nachdem sie ihre Kollegin kurz über ihre Pläne informiert hatte, verließ sie das Büro.

Das Wohnhaus von Herrn Münster lag in Neusäß, einer kleinen Stadt, die direkt an den Augsburger Nordwesten angrenzte. Helenas Weg führte sie am Klinikum vorbei, in dem sie beruflich schon mal zu tun gehabt hatte. Seit 2019 hieß es ja Universitätsklinikum und beherbergte die medizinische Fakultät. Helena war erstaunt gewesen, als sie von Franzi erfahren hatte, dass man erst seit Kurzem Medizin in Augsburg studieren konnte. Bei der Größe der Stadt und des Klinikums hätte sie gedacht, dass das schon längst der Fall sein müsste. Wie immer erstaunten sie die Ausmaße des riesigen Krankenhausbaus, auf dessen Dach von weither sichtbar ein Rettungshubschrauber stand und auf seinen Einsatz wartete.

Weiter ging es an Reihenhäusern und schmucken Einfamilienhäusern vorbei, bis sie schließlich vor einem großen Grundstück anhielt, das von einer mindestens drei Meter hohen Mauer umgeben war. Sie läutete am großen Tor und genau wie bei den Bernardis zu Hause, leuchtete eine Kamera auf und jemand fragte nach ihrem Begehr. Helena stellte sich vor und hielt ihren Ausweis vor die Kamera. Ein Surren verriet ihr, dass sie eintreten durfte. Nachdem sie das Tor aufgedrückt hatte, staunte Helena nicht schlecht. Das Gelände war riesig! Ein gewundener, gepflasterter Fußweg führte durch eine parkähnliche Anlage auf ein großes Gebäude zu, das fast wie ein Gutshof anmutete. Der Eingangsbereich wurde von einem Dach geschützt, das auf großen weißen Säulen thronte. Riesige, spiralförmige Buchsbäume standen neben der Tür. Rechts vom Haus konnte Helena eine großzügige Doppelgarage ausmachen, vor der ein Porsche parkte.

Die Tür öffnete sich, als Helena die Stufen hinauf trat. Ein kleiner, drahtiger Mann in einem edlen grauen Anzug kam ihr entgegen. Er ergriff ihre Hand.

„Frau Kommissarin, ich grüße Sie. Münster mein Name. Sie sind sicher wegen dem Luis hier, nicht wahr? Schreckliche Sache!"

Helena nickte. „In der Tat hätte ich ein paar Fragen an Sie bezüglich Herrn Zeitlhammer."

„Natürlich!" Er langte sich an den Kopf. „Wo hab ich nur meine Manieren? Bitte treten Sie doch ein!" Mit einer einladenden Handbewegung hielt ihr Herr Münster die Eingangstüre auf. Helena betrat den überaus großzügigen, mit Marmor ausgelegtem Eingangsbereich und wurde gleich darauf von Herrn Münster in das Wohnzimmer geleitet, das, so wie es war, dem Schöner-Wohnen-Magazin entsprungen schien.

„Bitte setzen Sie sich. Darf ich Ihnen etwas zu trinken anbieten?"

„Nein, vielen Dank", lehnte Helena ab, die es sich in einem cremefarbenen Sessel gemütlich machte. Sie zog ihr Notizbuch aus der Tasche und richtete ihren Blick wieder auf Herrn Münster, der sich ihr gegenüber auf dem Sofa niedergelassen hatte.

„Erzählen Sie mir bitte etwas über ihr Verhältnis zu dem Toten", bat Helena.

Unruhig knetete ihr Gegenüber seine Hände. „Mei, ich kenn den Luis schon seit vielen Jahren. Ich weiß gar nicht, wo ich anfangen soll ..."

Helena wartete geduldig ab. Sie hatte gelernt, dass es oft half, selbst weniger zu fragen und das Gegenüber reden zu lassen.

„Also, ich kenn den Luis schon, seitdem wir Buben waren", fing Herr Münster schließlich an zu erzählen. „Wir sind gemeinsam auf die Schule gegangen, müssen Sie wissen. Anschließend haben wir beide in München BWL studiert und sogar in einer WG zusammengewohnt." Herr Münster sprang auf und holte ein gerahmtes Bild vom Kaminsims. „Sehen Sie, da haben Luis und ich die Kanumeisterschaft von unserer Studentenverbindung gewonnen."

Interessiert studierte Helena das Bild. Arm in Arm standen zwei über das ganze Gesicht strahlende junge Männer, bei denen es sich zweifelsohne um Herrn Zeitlhammer und Herrn Münster handelte, vor einem langen Kanu, jeder ein Paddel in der freien Hand.

Herr Münster ließ sich wieder auf das Sofa fallen. „Ich kann immer noch nicht glauben, dass er wirklich tot ist! Wie ist er denn gestorben?"

„Leider darf ich Ihnen bei laufenden Ermittlungen keine Auskunft geben", teilte Helena ihm höflich mit.

Herr Münster nickte. „Das habe ich bereits befürchtet."

„Wissen Sie vielleicht, ob Herr Zeitlhammer Probleme mit irgendwelchen Leuten hatte?"

„Nein, wirklich nicht." Er schüttelte den Kopf. „Luis war ein sehr geselliger Mensch."

„Erzählen Sie mir doch ein wenig von ihrem gemeinsamen Geschäft", bat Helena.

„Natürlich. Also, der Luis und ich haben im Studium schon mit dem Gedanken gespielt, ein gemeinsames

Lokal zu eröffnet. Nachdem seine Eltern früh verstarben, hatte Luis auch die finanziellen Mittel dazu. Ich hab bei der Bank einen Kredit aufgenommen und dann legten wir los. Unsere Vision war es, ein Szenelokal zu eröffnen. Feine Speisen vermischt mit kulturellen Darbietungen. Kennen Sie vielleicht unser Lokal *Am Gaskessel*?"

Helena schüttelte bedauernd den Kopf.

„Es liegt, wie der Name schon sagt, direkt in der Nähe zum Gaskessels und ist ein wirklich gut besuchtes, angesagtes Lokal, und das schon seit vielen Jahren. Luis und ich haben mit unserer Idee wohl genau den Nerv der Zeit getroffen und das Lokal hat eingeschlagen wie eine Bombe."

„Das *Zirbelnuss* hat Herr Zeitlhammer dann aber allein geführt, nicht wahr?"

Die Miene von Herrn Münster verdüsterte sich. „Ja, richtig. Irgendwann war Luis unser Lokal nicht mehr genug. Er wollte was Eigenes haben. Ich hab das ehrlich gesagt nicht verstanden, wo unser Laden doch brummte." Er schüttelte den Kopf. „Er hat gefragt, ob ich ihn auszahlen kann. Das hat mich ehrlich gesagt schon an meine finanziellen Grenzen gebracht."

Helena sagte nichts, dachte sich jedoch ihren Teil. Am Hungertuch nagte Herr Münster sicher nicht, wenn man sich hier so umsah.

„Wie war Ihr Kontakt seitdem?", hakte sie nach.

„Na ja, wir haben uns natürlich nicht mehr so oft gesehen. Luis war im *Zirbelnuss* beschäftigt und ich im *Gaskessel*, da verliert man sich zwangsläufig etwas aus den Augen."

„Sie haben ihre ganze Kindheit und Jugend miteinander zu tun gehabt, miteinander studiert und ein Geschäft zusammen geführt und dann haben Sie sich *aus den Augen verloren*?" Helena sah Herrn Münster mit kritisch erhobener Augenbraue an.

„Ja, ähm, wissen Sie …", stotterte ihr sich sichtlich unwohl fühlender Gesprächspartner.

„Nun seien Sie doch mal ehrlich", unterbrach Helena sein Gestotter, „Sie haben sich sicher nicht im Guten getrennt, hab ich recht?"

Herr Münster blickte betreten zu Boden. „Na ja, ich war schon ziemlich sauer, dass Luis unser Geschäft so mir nichts, dir nichts verlassen hat. Ich hab halt gedacht, dass das immer so weitergehen wird mit uns beiden."

„Das heißt?", hakte Helena unerbittlich nach.

„Das heißt, dass wir uns in den letzten paar Monaten so gut wie gar nicht mehr gesehen haben", gab Herr Münster schließlich zu. „Er hat mir eine Einladung zur Eröffnung geschickt, aber ich konnte mich einfach nicht dazu überwinden, dorthin zu gehen."

Helena nickte und machte sich Notizen. War sie hier möglicherweise auf ein Motiv gestoßen?

„Herr Münster, wo waren Sie vorgestern Abend und gestern Vormittag?"

Mit weit aufgerissenen Augen starrte der Unternehmer sie an. „Sie verdächtigen doch nicht etwa mich?"

„Keine Sorge", beruhigte ihn Helena. „Das gehört einfach zu den Ermittlungen."

Herr Münster nickte erleichtert. „Hm, vorgestern Abend war ich wie immer im Lokal. Wir waren gut besucht und haben gegen 1 Uhr nachts zugesperrt."

„Und danach?"

„Danach bin ich nach Hause gefahren und in mein Bett gefallen. Was denken Sie denn?"

„Kann das jemand bezeugen?"

Herr Münster funkelte sie wütend an. „Ja, meine Frau kann das bezeugen. Sie ist momentan bei der Kosmetikerin, aber wenn sie zurück ist, wird sie Ihnen meine Geschichte sicher bestätigen."

Helena blieb gelassen. „Und gestern Vormittag?"

„Ich stehe immer erst gegen 9 oder 10 Uhr auf", sagte Herr Münster. „Gestern bin ich gegen 10 aufgestanden und habe nach dem Frühstück ein paar Runden im Pool gedreht." Er deutete hinter das Haus. „Und bevor Sie fragen: Auch das kann meine Frau Ihnen bezeugen." Er stand auf. „Wenn es weiter nichts zu besprechen gibt, würde ich mich jetzt gerne wieder an die Arbeit machen."

Helena packte in aller Seelenruhe zusammen und erhob sich dann ebenfalls. „Ich hab eigentlich alles. Und falls ich noch etwas wissen will, weiß ich ja, wo ich Sie finde."

Helena bemerkte interessiert, dass Herr Münster bei ihren Worten zusammenzuckte. Sie reichte ihm ihre Visitenkarte und bat ihn, sie seiner Frau zu übergeben, damit sie einen Termin mit Helena ausmachen konnte, um seine Aussage zu bestätigen.

Als sie kurz darauf wieder in ihrem Auto saß, atmete Helena erst einmal tief durch. Sie hatte eine ganze Fülle an Informationen erhalten. Ihr war natürlich aufgefallen, dass Herr Münster im Verlauf der Vernehmung immer nervöser geworden war. Vielleicht hatte er nur befürchtet, dass sie ihn aufgrund ihrer gemeinsamen

Geschichte verdächtigen würde. Vielleicht hatte er aber wirklich Dreck am Stecken ...

Nachdenklich kaute die Kommissarin an ihrer Unterlippe. Die Trennung der beiden Geschäftspartner war sicherlich nicht so glimpflich abgelaufen, wie Herr Münster ihr zunächst hatte weismachen wollen. Nach ihrer jahrelangen Freundschaft musste er sich regelrecht verraten gefühlt haben, als Herr Zeitlhammer ein neues Geschäft dem gemeinsamen vorzog.

Auf alle Fälle brauchte sie noch weitere Informationen. Helena ließ den Motor an und fuhr in die Augsburger Innenstadt, um die Inhaber der umliegenden Geschäfte zu befragen.

Am späten Nachmittag kehrte die ausgepowerte Kommissarin ins Präsidium zurück. Die Befragung der Geschäftsnachbarn von Herrn Zeitlhammer hatte nichts großartig Neues ergeben. Alle priesen ihn als geschäftstüchtigen, freundlichen Mann, der seinen Aufgaben stets gewissenhaft nachgekommen war. Niemandem war etwas Ungewöhnliches aufgefallen. Dennoch hatte Helena die ganze Zeit über das unbestimmte Gefühl, dass etwas nicht stimmte. Sie konnte nur nicht genau festmachen, was. Die Geschäftsinhaber hatten sich alle nicht sonderlich viel Zeit für sie genommen, aber sie waren natürlich auch beschäftigt. Woher kam also dieses Gefühl ...?

Franzi war nicht im Büro. Entweder war sie schon nach Hause gegangen oder in Sachen Ermittlungen unterwegs. Helena schaltete ihren PC an und sah in ihren Posteingang. Enttäuscht stellte sie fest, dass noch kein Autopsiebericht da war. Wenn sie ehrlich war, war das auch gar nicht möglich. Bis die Laborbefunde da waren, zog sich das immer in die Länge.

Sie klickte auf den Namen ihres Chefs und fasste in einer E-Mail zusammen, was sie heute in Erfahrung hatte bringen können. Zufrieden würde er sicher nicht mit ihr sein, dessen war sich Helena durchaus bewusst. Aber sie konnte schließlich den Täter nicht einfach hervorzaubern.

Ein kurzer Blick auf die Uhr sagte ihr, dass es schon beinahe 17 Uhr war. Sie entschied, dass es für heute reichte, und packte ihre Sachen zusammen.

Als sie eine Viertelstunde später zu Hause ankam, merkte Helena, wie müde sie war. Ursprünglich hatte sie vorgehabt, bei Nick zu klingeln, um noch mal mit ihm zu sprechen. Irgendwie hatte sie das Gefühl, das heute kein guter Zeitpunkt dafür war. Vielleicht hatte sie auch einfach nur Angst, dass es zum endgültigen Zerwürfnis zwischen ihnen kam? Durchaus möglich ...

Da sie keine Lust hatte zu kochen, wärmte sich Helena ein wenig von dem Curry auf, das gestern übrig geblieben war, und machte sich einen schnellen Salat dazu. Dann setzte sie sich in das Wohnzimmer und sah während des Essens fern. Nicht die feine Art, aber egal. Ihr schwirrte der Kopf von den vielen Ereignissen der letzten Tage.

Die Tatsache, dass Franzi und sie getrennt ermittelten, half auch nicht gerade dabei, dass sie sich ruhiger fühlte. Sie wusste, dass sie sich immer zu hundert Prozent auf ihre Kollegin verlassen konnte, und auf sich allein gestellt zu sein, bedeutete mehr Verantwortung.

Sie schüttelte den Kopf und versuchte, sich auf die Sendung im Fernsehen zu konzentrieren. Um das Geschäftliche würde sie sich morgen wieder kümmern.

6.

Nach einer unruhigen Nacht, in der Helena etliche Gedanken durch den Kopf gegangen waren, die sie kaum zur Ruhe hatten kommen lassen, saß sie am Donnerstagmorgen gähnend an ihrem Schreibtisch, eine große Tasse Milchkaffee fest umklammernd. Sie hoffte, dass diese sie aus ihrer Lethargie reißen würde.

„Guten Morgen!", trompetete Franzi lautstark, als sie wie ein Wirbelwind ins Büro gefegt kam. „Na, Lena, alles klar?"

„Passt schon. Grüß dich, Franzi."

Die Augsburgerin lachte. „Au weh! Bisch no net ganz wach? Soll i dir vielleicht einen meiner leckeren Ingwer-Chili-Kekse holen, dass du aufwachsch?"

Sie prustete los, als sie Helenas entsetzten Gesichtsausdruck bemerkte.

„So schlimm ist es wirklich nicht, danke", lehnte Helena schmunzelnd ab. Mit einem Mal fühlte sie sich viel besser. Man konnte gar nicht länger herumsitzen und Trübsal blasen, wenn die notorisch gut gelaunte Franzi in der Nähe war.

„Du, i hab geschtern no was Interessantes erfahren", berichtete Franzi, nachdem sie es sich an ihrem Schreibtisch gemütlich gemacht hatte.

Interessiert sah Helena auf. „Echt? Was denn?"

„Du weißsch ja, dass wir im Dunklen getappt sind, was des Motiv beim Mord an Herrn ‚Bernardi‘ angeht.“

Helena nickte und wunderte sich über die imaginären Gänsefüßchen, die Franzi bei der Erwähnung des Namens in die Luft zeichnete.

„Da hab i mir gedacht, dass des vielleicht gar kei lokale Sache isch.“ Franzi tippte sich mit ihrem Finger an die Stirn und strahlte Helena stolz an.

„Wie jetzt?“

„Na, ganz einfach“, fuhr Franzi fort. „Des isch weder lokal no national.“ Sie musste über Helenas verwirrten Gesichtsausdruck lachen. „Des isch sogar international, liebe Lena.“ Zufrieden lehnte sie sich in ihrem Sessel zurück. „Da sagsch nix mehr, ge?“

„Ich versteh nur Bahnhof“, sagte Helena kopfschüttelnd.

„Mensch, Lena, denk doch mal nach“, forderte Franzi sie aufgeregt auf. „Wo isch der Herr ‚Bernardi‘ “ – wieder zeichnete sie Gänsefüßchen – „nomml her?“

„Aus Italien“, sagte Helena verständnislos.

„Eben“, bestätigte Franzi zufrieden. „Und da hab i einfach Kontakt mit den Kollegen in bella Italia aufg'nommen und mit ihnen über den Fall gesprochen.“

„Auf Italienisch?“, fragte Helena verwundert.

„I wo“, lachte Franzi, „wo denksch du hin? Auf Englisch natürlich.“

Helena musste grinsen, hatte sie doch Franzi schon bei der ein oder anderen Gelegenheit Englisch sprechen hören und dabei überrascht festgestellt, dass ihre Kollegin auch im Englischen einen ausgeprägten Augsburger Dialekt sprach. Bis dahin hatte sie gar nicht gewusst, dass so etwas überhaupt möglich war.

„Und was hast du bei deinem Telefonat herausgefunden?“, fragte Helena interessiert.

„Des glaubsch du net, aber der Herr ‚Bernardi‘“ – Gänsefüßchen – „heißt gar net Bernardi.“

„Wie jetzt?“

„Ganz einfach, es gibt keinen Salvatore Bernardi mit dem Geburtsort und den Daten, die auf seinem Ausweis stehen“, sagte Franzi triumphierend.

Überrascht riss Helena die Augen auf. „Aber das heißt ja …“

„Richtig“, unterbrach Franzi sie, „der Ausweis isch g’fälscht!“

„Donnerwetter!“, entfuhr es Helena. „Das ist ja mal ein Ding!“

„Eben“, sagte Franzi und verschränkte zufrieden die Arme vor der Brust.

„Was ist mit seinem Cousin Giovanni? Was ist mit der Frau des Opfers?“, fragte Helena aufgeregt.

„Das steht als Nächschtes auf dem Programm“, beruhigte Franzi sie. „Stell dir vor, der Kollege aus Italien kommt dafür extra nach Augschburg g’reist!“

„Ist nicht wahr?!“

„Doch“, nickte Franzi begeistert. „Der Kommissar ist sowieso geschäftlich in München drüben und kommt extra ein paar Tage früher, um uns bei unsren Ermittlungen zu helfen.“

„Das nenne ich Hilfsbereitschaft!“, sagte Helena erfreut. „Wann kommt er denn?“

„Er mailt mir heute no seinen Reiseplan, dann weiß i Genaueres.“

„Dann geht ja endlich mal was voran“, seufzte Helena.

„Wie isch es bei dir so g'laufen geschtern? Was gibt's da Neues?"

Helena schilderte ihrer Kollegin die Ereignisse des Vortags. Aufmerksam hörte Franzi ihr zu.

„Ein unbescholtener Geschäftsmann also", fasste sie das Gehörte zusammen.

„Scheint so", bestätigte Helena.

„Meinscht du, der Münschter hat sich an seinem ehemaligen Kumpel gerächt, weil der ihn mit dem Lokal hat sitzen lassen?"

„Mit dem Gedanken habe ich durchaus gespielt", gab Helena zu. „Allerdings scheint er ein hieb- und stichfestes Alibi zu haben."

„Schau, Lena", sagte Franzi versöhnlich, der nicht entgangen war, dass Helenas Stimmung unter ihren kümmerlichen Ermittlungsergebnissen litt, „du stehsch doch no ganz am Anfang mit deinen Ermittlungen! Des wird scho no!"

„Du hast ja recht", stimmte Helena ihr seufzend zu. „Ich will halt immer mit dem Kopf durch die Wand und am liebsten gleich alles auf einmal lösen."

Franzi lachte. „Dann hätt mer ja nen einfachen Job, mir zwei!"

Schmunzelnd musste Helena ihrer Kollegin recht geben. Sie war schon immer ein ungeduldiger Mensch gewesen und wusste, dass sie daran arbeiten musste. Immerhin half es ja nichts, sich die ganze Zeit einen Kopf zu machen über Dinge, die man nun einmal nicht von heute auf morgen lösen konnte!

Nachdem sie sich noch darüber ausgetauscht hatten, was für den heutigen Tag so alles anstand, machte sich jede Kommissarin wieder an die Arbeit. Helena wollte noch weiter ihre Liste abarbeiten, um so viele Informationen wie möglich über Herrn Zeitlhammer zu sammeln. Dazu führte sie einige Telefonate und vereinbarte Gesprächstermine für den heutigen Nachmittag. Natürlich hätte sie auch am Telefon mit den betreffenden Personen reden können, aber Helena hielt es für besser, Zeugen von Angesicht zu Angesicht gegenüberzusitzen. An der Körpersprache konnte man doch häufig Dinge festmachen, die der andere nicht direkt aussprechen wollte.

Als der Zeiger der laut tickenden Bürouhr auf zwölf Uhr vorrückte, war Helenas Terminkalender für den heutigen Nachmittag proppevoll. Ein Geräusch machte sie darauf aufmerksam, dass sie eine neue Nachricht im Posteingang hatte. Als sie draufklickte, vermutete sie schon eine Nachfrage ihres Chefs, der sicher wissen wollte, wie ihre Ermittlungen vorangingen. Erfreut stellte Helena jedoch fest, dass die Nachricht von Doktor Lysander stammte. Endlich der Autopsiebericht! Gespannt öffnete sie die Mail und las aufmerksam, was der Pathologe gefunden hatte. Sein Verdacht hatte sich bestätigt. Luis Zeitlhammer war bereits tot gewesen, als er erhängt worden war. Helena blätterte weiter, um herauszufinden, an was das Opfer letztendlich verstorben war.

Erstaunt riss sie die Augen auf. „Das gibt's ja nicht!"

„Was gibt's net?", fragte Franzi interessiert.

Aufgeregt deutete Helena auf ihren Monitor. „Doktor Lysander hat endlich den Autopsiebericht von Herrn Zeitlhammer geschickt."

„Und?"

„Herr Zeitlhammer ist an einer Überdosis Kokain gestorben, bevor er erhängt wurde."

„Na ja, so ungewöhnlich isch des wahrscheinlich net, wenn sich die Schickis Koks reinpfeifen", meinte Franzi schulterzuckend.

„Das stimmt natürlich", pflichtete ihr Helena bei. „Aber Luis Zeitlhammer kann sich die Droge nicht selbst gespritzt haben. Das Einstichloch befindet sich hinten im Nacken und da kommt er wohl oder übel nicht selbst hin."

Franzi pfiff durch die Zähne. „Na, das isch ja mal interessant!"

„Das Kokain war mit einer großen Menge Lidocain vermischt, schreibt Doktor Lysander. Die Herzkranzgefäße haben sich zusammengezogen, sodass es schließlich zu einer Lähmung des zentralen Nervensystems gekommen ist."

„Wenigschtens a neuer Anhaltspunkt", urteilte Franzi. Helena nickte. „Am besten befrage ich noch mal seinen ehemaligen Geschäftspartner und Freund Herrn Münster. Der wird mir sicher sagen können, welche Rolle Kokain im Leben von Herrn Zeitlhammer gespielt hat."

„Tu das", stimmte Franzi ihr zu. „Klingt auf alle Fälle vielversprechend!" Sie streckte sich ausgiebig. „Du, Lena, mein Hintern isch scho ganz platt g'sessen. Woll mer net a weng in den Park und dort Mittag machen?"

„Au ja", entgegnete Helena begeistert. „Ich hab ein paar Frischkäse-Sandwiches mit Tomaten und Gurken dabei, die teile ich gerne mit dir."

Franzi strahlte. „Und ich hab auf'm Weg hierher zwei Butterbrezen mitg'nommen. Dann ham mer ja a richtiges Feschtmahl!"

Die beiden Kommissarinnen packten ihre Sachen zusammen und machten sich beschwingt auf den Weg in den Park. Der Himmel war wolkenverhangen und Helena war froh, eine leichte Jacke umgelegt zu haben. Die frische Luft bei ihrem Spaziergang wirkte Wunder. Als sie eine Stunde später gestärkt zurück ins Präsidium kamen, fühlte sich Helena hellwach und energiegeladen. Selbst die Aussicht auf einen langen Nachmittag voller Vernehmungen konnte ihre gute Laune nicht trüben.

Vier Stunden später, als Helena gerade ihr sechstes Gespräch beendet hatte, sah die Sache freilich wieder ganz anders aus. Erschöpft lief die Kommissarin über den Rathausplatz und hatte keinen Blick für das wunderschöne Renaissance-Rathaus übrig. Sie wollte nur noch schnell nach Hause. Ihr Auto hatte sie bereits in der heimischen Tiefgarage abgestellt, da die Termine alle in der Augsburger Innenstadt waren und sie bequem überall zu Fuß hinkam. In Gedanken versunken lief sie die Maximilianstraße entlang und ging noch mal die erfolgten Gespräche durch. Alle hatten Luis Zeitlhammer als hochanständigen, fleißigen Geschäftsmann gepriesen und Helenas vorsichtigen Andeutungen, ob er möglicherweise mit Drogen zu tun gehabt haben könnte, empört zurückgewiesen. Auch Herr Münster, mit dem sie telefoniert hatte, da er geschäftlich in München unterwegs war, hatte Helena hoch und heilig geschworen, dass Luis und er mit Drogen nichts am

Hut hatten. Er hatte sogar von einem Vorfall berichtet, wo Herr Zeitlhammer einmal einen Mitarbeiter fristlos entlassen hatte, nachdem er ihn beim Koksen auf der Mitarbeitertoilette erwischte. Wenn das stimmte, war es also sehr wahrscheinlich, dass der Täter die Drogen selbst mitgebracht hatte.

Plötzlich stockte Helena, als ihr Wohnhaus bereits in Sichtweite war. War das nicht Nick, der da auf der schönen Holzbank unter der schattigen Ulme saß? Sie sah genauer hin. Kein Zweifel! Das war definitiv Nick! Aber wer war das neben ihm? Lautes Lachen schallte zu ihr herüber. Die beiden schienen sich ja köstlich zu amüsieren! Helena kannte die Frau nicht, die neben Nick saß. Für ihren Geschmack drückte sich die dunkelhaarige Schönheit viel zu nahe an ihren Freund.

Ein Stich fuhr ihr ins Herz. Hatte Nick etwa eine andere? Ihre Beziehung befand sich zwar seit einiger Zeit in einer Art Schwebezustand, dennoch hatte Helena die ganze Zeit über gehofft, dass es zwischen ihr und Nick wieder so werden würde wie früher. Ihr Blick verschwamm, als ihr Tränen in die Augen traten. Empört wischte sie sie weg. Soweit kam's noch, dass Nick und seine neue Trulla sie heulend auf der Straße sahen.

Ihre Schultern straffend lief Helena weiter. Sie würde unweigerlich an der Bank vorbeikommen und überlegte fieberhaft, was sie sagen sollte. Doch so weit kam es gar nicht. Kurz bevor sie die Bank erreichte, stand Nick auf und reichte der Frau neben ihm galant die Hand. Kichernd kam sie auf die Beine und hakte sich bei ihm unter. Anschließend schlenderten sie in die entgegengesetzte Richtung davon. Helena wollte ihren Augen nicht trauen. Hatte Nick sie etwa nicht bemerkt?

Er musste sie doch gesehen haben, so nah, wie sie bereits gewesen war! Waren die beiden tatsächlich ein Paar? Die vertraute Körpersprache deutete jedenfalls darauf hin ...

Niedergeschlagen betrat Helena ihr Wohnhaus und fuhr mit dem Aufzug nach oben. Als sie in ihre Wohnung kam, flossen ihre Tränen bereits in Strömen und Helena startete keinen Versuch mehr, sie aufzuhalten. Sie ließ sich, so wie sie war, auf die Couch fallen und drückte ihr verweintes Gesicht in ein Kissen. Zahllose Bilder schossen ihr durch den Kopf: Nick und Helena vor Schloss Sanssouci in Potsdam, als er ihr seine alte Heimat gezeigt hatte, bei der Bootsfahrt auf der Spree, als sie eng aneinandergekuschelt durch Berlin gefahren waren, ihre gemütlichen Abende in Helenas Wohnung ... Sollte all dies der Vergangenheit angehören? Der Schmerz darüber war beinahe nicht zu ertragen.

Als Helena die Augen aufschlug, war es stockdunkel. Sie musste über all ihren Kummer eingenickt sein. Ein Blick auf die Uhr verriet ihr, dass es bereits kurz nach 1 Uhr nachts war. Ein schaler Geschmack im Mund wies dezent darauf hin, dass sie sich nicht mal die Zähne geputzt hatte. Müde schleppte sich Helena ins Badezimmer und machte sich bettfertig. Als sie ihre verquollenen Augen aus dem Spiegel heraus ansahen, schüttelte sie traurig den Kopf. Wurde das langsam zur Gewohnheit? So konnte es auf keinen Fall weitergehen! Sobald sie Zeit hatte, würde sie die Sache mit Nick ein für alle Mal klären, sonst ging sie vor die Hunde.

Als Helena im Bett lag, schossen ihr tausend Gedanken durch den Kopf. An Schlaf war nicht zu denken.

Seufzend nahm sie ihr Buch zur Hand und fing an zu lesen. Sie wusste, dass sie ansonsten stundenlang vor sich hin grübeln würde, und das Buch würde sie ablenken. Dennoch dauerte es über zwei Stunden, bis Helena vor Müdigkeit die Augen zufielen und sie endlich einschlief.

Am nächsten Morgen versuchte sie, ihre dunklen Augenringe so gut wie möglich mit Make-up zu kaschieren. Doch Helena machte sich nichts vor. Franzi würde sofort merken, dass es ihr nicht gut ging. Heute trank sie ausnahmsweise mal einen doppelten Espresso zum Frühstück. Sie hatte das Gefühl, dringend Koffein zu brauchen, damit sie den Tag durchstehen konnte.

Als sie kurz vor acht ins Präsidium kam, fand sie einen Zettel von Franzi vor, auf dem stand, dass sie außer Haus unterwegs war. Sie wollte noch mal mit dem Anwalt der Familie Bernardi sprechen. Helena war das nur recht. So blieb ihr wenigstens etwas Zeit, bevor sie Franzi ihren Zustand erklären musste.

„Frau Hansen." Herr Meier stand in der Tür und riss Helena aus ihren Überlegungen. „Haben Sie mal eine Minute?"

„Natürlich. Bitte setzen Sie sich doch", sagte Helena höflich und wies auf die Sitzgruppe.

Nachdem sich beide hingesetzt hatten, räusperte sich Herr Meier vernehmlich. „Sie können sich sicherlich denken, weshalb ich hier bin, Frau Hansen."

Helena nickte. „Es geht um den Fall Zeitlhammer, nehme ich an."

Ihr Chef seufzte. „Um eben den! Die Presse bringt mich noch um den Verstand. Ununterbrochen schrillt

das Telefon und irgendein Reporter fragt nach Neuigkeiten. Ich brauch dringend was, was ich denen vorle-
gen kann.“

„Verstehe. Vielleicht hätte ich da was Interessantes
für Sie“, sagte Helena und berichtete ihrem Chef vom
Bericht des Pathologen. Interessiert lauschte Herr
Meier ihren Ausführungen.

„Haben Sie eine Verbindung zwischen Herrn Zeitlhammer und Drogen herstellen können?“, fragte er
nach.

Helena schüttelte bedauernd den Kopf. „Das war
auch mein erster Gedanke, aber wie es aussieht, hatte
das Opfer mit Drogen nichts am Hut.“

„Wie werden Sie weiter vorgehen?“

„Dr. Lysander hat geschrieben, dass die Drogen mit
Lidocain gestreckt waren. Das erscheint mir ungewöhnlich, daher will ich da ansetzen. Vielleicht ist dazu
ja schon was bekannt? Auf alle Fälle werde ich mich
mit den Herrschaften vom Drogendezernat in Verbindung setzen.“

„Gute Idee“, lobte Herr Meier. „Bitte halten Sie mich
weiterhin auf dem Laufenden. Spätestens heute Abend
muss ich eine weitere Pressemitteilung veröffentli-
chen.“

Er erhob sich. „Dann viel Erfolg, Frau Hansen.
Scheuen Sie sich nicht, auf mich zuzukommen, falls Sie
Hilfe benötigen.“ Er hatte den Weg zur Tür beinahe zu-
rückgelegt, als er sich nochmal umdrehte. „Ich hoffe,
ich trete Ihnen nicht zu nah, aber geht es Ihnen vielleicht nicht gut? Sie wirken etwas ... na ja, wie soll ich
sagen ... konsterniert.“

Verlegen winkte Helena ab. „Alles in Ordnung, Herr Meier. Ich habe nur schlecht geschlafen."

„Na dann. Auf bald." Er nickte ihr zu und verließ das Büro.

Helena ließ sich auf den Stuhl zurücksinken. Wie peinlich, dass ihr Chef auch noch mitbekam, dass sie völlig neben der Spur war! Das musste unbedingt aufhören! So konnte es wirklich nicht weitergehen!

Helena stand auf und ging zum Fenster, um frische Luft zu schnappen. Der Wind zerrte ein paar Haare aus ihrem Pferdeschwanz, tat ihr aber unendlich gut. Sie fasste einen Entschluss: Sie würde ihr Privatleben auf keinen Fall ihre Arbeit beeinträchtigen lassen! Entweder die Sache mit Nick klärte sich bald oder sie würde Nägel mit Köpfen machen und sie beenden. Einigermaßen gefasst, wandte sich Helena wieder ihrer Arbeit zu. Zuerst sammelte sie Fakten zu Kokain und dessen Verwendung. Sie fand heraus, dass Dealer die Droge tatsächlich hin und wieder mit dem billigeren Lidocain streckten. Angeblich fühlte sich Lidocain auf der Zunge ganz ähnlich an wie Koks und schmeckte ebenso bitter und wurde daher zur Täuschung der Kunden gerne beigemischt. Gerade diese Mischung machte den Drogencocktail allerdings besonders gefährlich. Wenn man größere Mengen Lidocain zu sich nahm, konnte der Blutdruck abfallen und es kam möglicherweise zu Herzrhythmusstörungen und Atemstillstand. So musste es bei Herrn Zeitlhammer gewesen sein. Helena strich sich nachdenklich über das Kinn. Hatten der oder die Täter wirklich angenommen, dass der Tod des Restaurantbesitzers als Suizid durchging? Weshalb hatten sie ihn direkt vor ein Fenster gehängt, wie um die Leiche zur Schau zu stellen? Normalerweise versuchten Täter, Morde zu vertuschen, und präsentierten sie nicht derart öffentlich. Irgendwie passte das alles nicht zusammen.

Entschlossen stand sie auf. Sie würde noch mal in die Stadt fahren und mit den Nachbarn des Verstorbenen reden. Irgendjemand musste doch etwas bemerkt haben!

Als sie die Fußgängerzone entlanglief, war schon einiges los. Helena war froh, dass die Leiche von Herrn Zeitlhammer frühzeitig entdeckt und somit ein großer Auflauf verhindert worden war. Sie wollte gerade in das Geschäft gehen, dass gegenüber von Herrn Zeitlhammers Büro lag, als ihr eine bekannte Stimme ans Ohr drang.

„Nur noch ein paar Wochen, Herr Ruiter, bitte. Ich verspreche Ihnen, dass Sie Ihr Geld dann bekommen."

Helena drehte sich um und sah Nick, der auf einen beleibten älteren Herren mit Stirnglatze einsprach. Sie erkannte in ihm Nicks Vermieter, Herrn Ruiter, dem einige Geschäfte auf dem Stadtmarkt gehörten.

Der ältere Herr schüttelte den Kopf. „Aber, Herr Beck, wo kämen wir denn da hin, wenn jeder zahlt, wann es ihm passt?" Streng taxierte er sein Gegenüber.

„Ich bin gerade etwas knapp bei Kasse. Bitte, ich verspreche Ihnen, in spätestens zwei Wochen zu zahlen. Es wird nicht wieder vorkommen!" Nicks flehender Tonfall verriet, wie ernst es ihm war.

Mehr konnte Helena leider nicht verstehen, da die beiden inzwischen im Gewühl verschwunden waren. Verwirrte runzelte sie die Stirn. Seit wann hatte Nick

Geldprobleme? Das war ja etwas völlig Neues! Bis jetzt hatte Helena angenommen, dass der kleine Laden, den Nick von seiner Tante geerbt hatte, genug abwarf, zumindest hatte ihr Freund nie etwas Gegenteiliges erzählt. Eine kleine gehässige Stimme flüsterte Helena zu, dass sie sich doch sowieso seit einiger Zeit nichts mehr erzählten, und insgeheim musste Helena ihr recht geben.

„Frau Kommissarin", unterbrach eine barsche Stimme ihre Gedanken. „Was machen Sie denn schon wieder hier?"

Helena wandte sich um und sah direkt in das runde Gesicht von Herrn Nickel, dem Geschäftsführer des Herrenmode-Geschäftes, das den Büroräumen von Herrn Zeitlhammer direkt gegenüberlag. Er war es gewesen, der die Leiche entdeckt und die Polizei verständigt hatte.

„Guten Tag, Herr Nickel. Ich würde Ihnen gerne noch ein paar Fragen zum Fall Zeitlhammer stellen."

Der kleine, schick angezogene Mann zog die Stirn in Falten. „Ich wüsste nicht, was ich Ihnen noch zu sagen hätte. Ich habe bereits alles gesagt, was ich weiß." Er zog ein Stofftaschentuch aus der Tasche und betupfte sich die Stirn. Dabei huschten seine Augen unruhig über die Menschen, die vor seinem Geschäft vorbeiliefen.

„Dennoch würde ich Sie gerne noch einmal sprechen", beharrte Helena, die sich über das Gebaren ihres Gesprächspartners doch sehr wunderte.

„In Gott's Namen, dann kommen'S halt in mein Büro", seufzte Herr Nickel und zog Helena am Arm möglichst schnell durch sein Geschäft ins hinten gelegene Büro. Als er die Tür hinter sich zuzog, atmete er tief aus.

„Also, was kann ich für Sie tun?" Er ließ sich hinter seinem Schreibtisch nieder und deutete auf einen der beiden Besucherstühle, die davor standen.

Helena setzte sich und nahm ihr Notizbuch aus der Tasche. „Bitte schildern Sie mir noch einmal, wie Sie den Toten bemerkt haben."

Irritiert sah Herr Nickel sie an. „Aber das hab ich doch bereits getan!", protestierte er.

„Dann tun Sie es eben noch einmal!" Langsam wurde es Helena zu bunt! Was dachte der eingebildete Lackaffe eigentlich, mit wem er hier redete?

Seufzend schilderte Herr Nickel, wie er Dienstagfrüh wie immer zur Arbeit gegangen war. Er hatte den Laden aufsperren wollen, da war ihm der Schlüssel heruntergefallen und während er sich danach bückte, hatte er aus den Augenwinkeln etwas im Fenster gegenüber gesehen. Als er genauer hingeschaut hatte, hatte er zu seinem tiefen Entsetzen feststellen müssen, dass sein lieber Nachbar Luis Zeitlhammer vor dem Fenster hing.

„Sie konnten deutlich erkennen, um wen es sich handelte?", hakte Helena nach.

„Aber sicher! Erstens war sein Gesicht zur Straße gewandt und zweitens trug er einem meiner besten Anzüge, den ich ihm persönlich vor gerade mal zwei Wochen verkauft habe. Sie müssen wissen, Herr Zeitlhammer hat großen Wert auf ein gepflegtes Äußeres gelegt und da ist *Nickels Herrenmode* nun mal die erste Adresse in der Stadt." Stolz sah er zu Helena, die den letzten Satz unkommentiert ließ.

„Sagen Sie, ist Ihnen etwas Ungewöhnliches aufgefallen?", fuhr sie mit der Befragung fort.

„Nein", er schüttelte den Kopf, „wirklich nicht. Es war alles wie immer." Er sah auf die Uhr. „Hören Sie, Frau Kommissarin, ich habe noch sehr viel zu tun!"

„Eine letzte Frage hätte ich noch, Herr Nickel", sagte Helena ungerührt und sah den unruhig mit dem Fuß wippenden Herrn Nickel fest an. „Warum haben Sie mich vorhin so schnell loswerden wollen?"

„Wie meinen Sie das?" Herr Nickel zog abermals sein Tuch hervor und wischte sich über die Stirn.

„Na, Sie haben sich vorhin nicht gerade gefreut, mich zu sehen."

„Zeigen Sie mir irgendjemanden, der sich freut, die Polizei im Haus zu haben", erwiderte Herr Nickel unwirsch. Er erhob sich. „Wenn ich Sie jetzt bitten dürfte, ich muss wirklich wieder an die Arbeit."

Helena packte ihre Sachen zusammen und folgte dem um einen Kopf kleineren Mann nach draußen. Nach einer knappen Verabschiedung verließ sie das Geschäft. Viel gebracht hatte ihr der Besuch nicht gerade.

Frustriert sah Helena an der gegenüberliegenden Häuserfassade hoch. Die Decke, die das Fenster, hinter dem der Leichnam von Herrn Zeitlhammer gehangen hatte, verhängt hatte, war nicht mehr da. Vermutlich hatte die SpuSi, nachdem die Leiche abgenommen worden war, die Decke entfernt, um mehr Licht bei ihrer Arbeit zu haben. Die Ordner, die im Büro gestanden hatten, lagerten inzwischen in großen Kartons in Helenas Büro und warteten darauf, durchgesehen zu werden.

Helena seufzte. Mit einem lauten Knurren machte sich ihr Magen bemerkbar und teilte ihr mit, dass es Mittagszeit war. Kurz entschlossen kaufte sie sich bei einem nahe gelegenen Metzger eine Leberkässemmel und ließ am Rande des Brunnens nieder, der ganz in der Nähe des Tatortes stand. Nachdenklich mampfte sie die Semmel und ging in Gedanken noch mal das Gespräch mit Herrn Nickel durch. Der Geschäftsmann hatte es ziemlich eilig gehabt, sie loszuwerden. Wenn sie so darüber nachdachte, war er nicht der Einzige, der sich so verhalten hatte. Ihr war schon bei der ersten Befragung der Nachbarn des Opfers aufgefallen, dass irgendetwas seltsam war.

Sie schob sich den letzten Bissen in den Mund und leckte sich undamenhaft den Senf von den Fingerspitzen. Ihr Blick schweifte den Kirchturm der berühmten St. Anna-Kirche hoch. Was war es nur, dass ihr nicht ganz koscher erschien? Helena zog ihr Notizbuch aus der Tasche und blätterte zurück zu den Zeugenvernehmungen. In Gedanken ging sie die Gespräche alle noch einmal durch. Plötzlich fiel ihr etwas auf: Alle Gesprächspartner hatten das Gespräch von sich aus beendet. Kein einziger hatte sich länger Zeit genommen, auf ihre Fragen einzugehen!

Kurz überlegte Helena zu Herrn Nickel zurückzugehen und ihn erneut mit ihrer Vermutung zu konfrontieren, um eine richtige Erklärung von ihm zu fordern. Aber dann beschloss sie, einen weiteren Versuch zu starten. Sie würde den Inhaber des Parfümeriegeschäftes noch einmal befragen, das direkt neben Herrn Zeitlhammers Lokal *Zirbelnuss* lag. Wenn ihre Vermutung stimmte, würde er ebenfalls versuchen, sie abzuwimmeln.

Entschlossen stand sie auf und strich ihre beige Leinenhose glatt. Zum Parfümeriegeschäft waren es nur wenige Meter. Die Ladentür klingelte harmonisch, als Helena die Tür aufdrückte. Eine Duftwolke strömte ihr entgegen. Aus dem hinteren Bereich des Ladens rief jemand: „Ich komme sofort!" Helena nickte erfreut. Sie hatte die Stimme des Ladeninhabers gleich erkannt. Sehr gut! Er war also selbst anwesend.

Wenig interessiert besah sich Helena die aufgereihten Duftflakons, als hinter ihr Schritte erklangen.

„Was kann ich für Sie tun?"

Als Helena sich umdrehte, gefror das aufgesetzte Lächeln auf dem Gesicht ihres Gegenübers.

„Frau Kommissarin", sagte er unsicher und warf über Helenas Schulter einen prüfenden Blick nach draußen. „Was kann ich für Sie tun?"

„Herr Schwalger, schön, Sie wiederzusehen. Ich würde gerne noch einmal über Ihren Nachbarn Herrn Zeitlhammer sprechen."

„Das ist gerade ganz schlecht", behauptete Herr Schwalger und sah wieder nach draußen. „Sie wissen ja, die Arbeit!" Entschuldigend hob er die Handflächen hoch.

Helena sah sich demonstrativ um. „Also, momentan bin ich die einzige Kundin in Ihrem Laden. Da werden Sie doch ein wenig Zeit für mich erübrigen können, nicht wahr?" Sie setzte ihr strahlendstes Lächeln auf.

Herr Schwalger seufzte und gab schließlich nach. „Bitte folgen Sie mir nach hinten." Er deutete mit der Hand auf die Tür hinter der Theke.

„Von mir aus können wir auch hier miteinander sprechen", sagte Helena freundlich. „Falls Kunden kommen oder so."

„Auf keinen Fall", entgegnete Herr Schwalger schnell. Als er Helenas forschenden Blick bemerkte, fügte er hastig hinzu: „Hinten ist es viel bequemer. Dort können wir uns setzen."

Helena nickte gnädig und folgte dem Ladeninhaber nach hinten ins Büro. Zwei bequeme Ledersessel standen vor einem großen Schreibtisch. Ein wenig erinnerte sie das Design an die Möbel aus Herrn Zeitlhammers Büro.

„Bitte." Herr Schwalger deutete auf einen der Sessel und ließ sich selbst auf dem Schreibtischstuhl nieder. „Was kann ich für Sie tun?"

„Ach bitte, hätten Sie vielleicht ein Glas Wasser für mich?", bat Helena mit einem unschuldigen Augenaufschlag.

Augenrollend erhob sich Herr Schwalger wieder und verschwand kurz aus seinem Büro. Kurz darauf kam er mit einem Glas Wasser zurück und reichte es Helena. „Hier, bitte."

Ungeduldig sah er ihr dabei zu, wie Helena genüsslich an ihrem Wasser nippte. Sie ließ sich extra viel Zeit. Als sie das leere Glas endlich abstellte, bemerkte sie, dass ihr Gegenüber unruhig mit dem Fuß wippte.

„So, Herr Schwalger, wenn Sie mir bitte noch einmal etwas über Ihr Verhältnis zu Herrn Zeitlhammer berichten könnten", sagte Helena freundlich.

„Aber darüber haben wir doch bereits gesprochen", fuhr Herr Schwalger auf. Nervös strich er sich mit der Hand durch die streng nach hinten gegelten Haare.

„Ich weiß", stellte Helena ungerührt fest, „dennoch würde ich Sie bitten, noch einmal darüber zu berichten. Vielleicht ergibt sich ja noch ein Anhaltspunkt."

„Ich weiß wirklich nicht, was Sie hören wollen", schnaubte Herr Schwalger. „Ich habe Herrn Zeitlhammer kennengelernt, als er nebenan sein Lokal eröffnet hat. Er hat damals alle umliegenden Geschäftsinhaber zum Essen eingeladen. Ansonsten hatten wir nicht viel miteinander zu tun." Er wischte sich die Handflächen an der Hose trocken. „Hören Sie, Frau Kommissarin, mehr gibt's da wirklich nicht zu erzählen." Er erhob sich, um deutlich zu machen, dass das Gespräch für ihn beendet war.

Helena lehnte sich in ihrem Sessel zurück. „Wieso habe ich das Gefühl, dass Sie mich loswerden wollen?", fragte sie ihn direkt.

„Ich … ich will Sie doch nicht loswerden", stotterte Herr Schwalger, dessen Gesichtsfarbe einen bedenklichen Rotton angenommen hatte.

Helena sah ihn direkt in die Augen, sagte jedoch nichts. Eine Weile schien ihr Gegenüber nicht zu wissen, was er sagen sollte, dann atmete er tief durch.

„Ich muss wirklich weiterarbeiten, Frau Kommissarin. Sie werden doch verstehen, dass es sich meiner einer nicht leisten kann, seine Zeit zu vertrödeln."

Helena schmunzelte und entschloss sich, den armen Herrn Schwalger zu erlösen. Sie erhob sich ebenfalls und reichte ihm ihre Hand.

„Ich danke Ihnen für Ihre Zeit", sagte sie höflich. Ihr Gesprächspartner nickte erleichtert. Als Helena zur Tür ging, konnte sie es sich nicht verkneifen, sich noch einmal umzudrehen. „Wenn ich noch etwas wissen will, weiß ich ja, wo ich Sie finde. Schönen Tag, Herr Schwalger." Sie trat durch die Tür und verließ grinsend das Geschäft.

Zurück in der Fußgängerzone entschloss sich Helena, ins Präsidium zurückzukehren. Ihre Theorie, dass die umliegenden Geschäftsinhaber sie möglichst schnell loswerden wollten, hatte sich verfestigt. Sie konnte sich nur noch keinen Reim darauf machen, wieso das so war.

Kurz überlegte Helena, noch auf dem Stadtmarkt bei Nick vorbeizuschauen. Sein Gespräch mit dem Vermieter fiel ihr wieder ein. Sollte sie ihn darauf ansprechen? Oder war es ihm am Ende unangenehm, dass Helena von seinen Geldsorgen mitbekommen hatte? Grübelnd lief sie in Richtung Parkgarage. Nein, sie würde ihn heute nicht aufsuchen. Außerdem wollten ihr die Bilder von Nick und der anderen Frau einfach nicht aus dem Kopf. Zuerst musste sie sich klar darüber werden, wie sie weiter vorgehen wollte. So oder so musste in Kürze eine Entscheidung fallen, ob und wie es mit ihrer Beziehung weiterging. Heute war sie allerdings noch nicht bereit für ein solches Gespräch.

Zurück im Präsidium traf Helena auf Franzi, die vor ihrem Schreibtisch saß und Akten durchblätterte.

„Grüß dich, Lena! Schön, dass wir uns heut au nomml sehen!", sagte die Augsburgerin freudig.

„Hallo, Franzi", entgegnete Helena und hängte ihre Hacke an die Garderobe. „Wie war denn dein Besuch bei Herrn Hofstätter?" Sie setzte sich an ihren Arbeitsplatz und sah ihre Kollegin interessiert an.

„Ja mei", winkte Franzi ab, „der schnöselige Anwalt hat g'meint, dass er mi warten lassen kann. Aber net mit mir, sag i dir!“ Sie lachte auf. „Des wär ja no schöner, wenn die Leut tun und machen könnten, was und wann sie wollten.“

Helena grinste. Das versprach ja heiter zu werden.

„Die Sekretärin meinte, der Hofstätter wär in so nem sauwichtigen Gespräch und hätte gar kei Zeit für mi“, fuhr Franzi fort. „I hab einfach g’sagt, des passt scho, und bin in sei Büro neigangen.“ Sie wuschelte mit einer Hand durch ihre roten Locken. „Die hat vielleicht a Gezeter g’macht, sag i dir!“ Franzi verdrehte die Augen. „Also, i bin nei ins Büro und der Hofstätter hat so a Videotelefonat mit jemandem g’führt. Des isch fei cool, sag i dir. Da kannsch du dei Gegenüber live sehen, während du mit ihm redsch! So was brauch mer hier fei au!“

„Wie hat der Hofstätter auf deinen Besuch reagiert?“, brachte Helena die Sprache zurück auf das eigentliche Thema.

„Ach so, ja. Also, der Hofstätter war net mal so happy, mich zu sehen“, sagte sie breit grinsend. „Er hat g’sagt, des wär a bodenlose Unverschämtheit, des würd Konsequenzen haben, bla, bla, bla.“ Entnervt verdrehte sie die Augen. „So a Depp!“

Helena schmunzelte. Der arme Anwalt!

„I hab dann den Typ auf’m Monitor g’fragt, ob’s ihm was ausmacht, wenn i mit dem Hofstätter sprechen tät, und der hat glei zug’stimmt. In Nullkommanix war der Monitor schwarz, sag i dir. Dann hab i mi halt hing’hockt und dem Hofstätter g’sagt, dass er ja jetzt offensichtlich nen Termin frei hat.“

Helena lachte laut auf. „Du bist wirklich eine Marke!“, sagte sie bewundernd.

„Ah was, des war doch kei große Sache net!“, winkte Franzi bescheiden ab. An dem Schalk in ihren Augen sah Helena jedoch, dass Franzi das Geplänkel mit dem Anwalt doch genossen hatte.

„Was hast du herausfinden können?“, fragte Helena gespannt.

„Der Hofstätter war auf einmal ganz still, als i ihm g'sagt hab, dass seine Mandanten gar net Bernardi heißen“, berichtete Franzi. „Der hat glei g'sagt, dass er damit nix zu tun hätt und i glaub ihm sogar, dass der kei Ahnung g'habt hat. Leider hat er mir net viel mehr sagen können. Er hat kei Adresse von denen da unten in Italien, nur ne E-Mail-Adresse, über die er mit denen kommuniziert.“ Sie seufzte und hielt einen Zettel hoch. „Er hat se mir sogar aufg'schrieben, der gute Hofstätter. Danach war er froh, wie i gangen bin.“

„Dann ist es dir nicht viel besser ergangen als mir“, bemerkte Helena seufzend.

„Warum jetzt des?“

Schnell berichtete Helena von ihren Erlebnissen in der Stadt. Sie erzählte Franzi von ihrer Theorie und auch die Augsburgerin konnte sich keinen rechten Reim darauf machen.

„Des isch echt seltsam“, befand sie. „Mei, Lena, da steck mer in nem g'scheiten Schlamassel!“

Seufzend gab Helena ihrer Kollegin recht. Irgendwie wurde die Sache immer verfahrener.

Sie besprachen sich noch eine Weile über ihre Vorgehensweise und gaben sich gegenseitig ein paar Anregungen. Nachdem Franzi gegangen war, setzte sich Helena noch hin und schrieb ein paar Zeilen an Herrn

Meier, denen sie die Obduktionsergebnisse anfügte. Mehr hatte sie leider nicht zu bieten.

Als sie den Monitor ausschaltete, war es schon nach fünf. Auf dem Nachhauseweg erledigte Helena noch ein paar wichtige Einkäufe und kochte sich anschließend ein leckeres Nudelgericht, das sie auf dem Sofa vor der Glotze aß. Um halb zehn machte sich der wenige Schlaf der Vortage bemerkbar und Helena fiel todmüde ins Bett.

1.

Helena erwachte zum ersten Mal seit Tagen ausgeruht. Ihr Entschluss, möglichst bald mit Nick über ihre Beziehung zu reden, hatte ihr einen erholsamen Schlaf beschert.

Nach einer ausgiebigen Dusche und einem herzhaften Frühstück fuhr Helena ins Präsidium, fest entschlossen, heute einen großen Schritt voranzukommen. Voller Tatendrang stürzte sie sich in die Arbeit und auch Franzi saß konzentriert vor ihrem PC. Eine Mail vom Drogendezernat, das Helena angeschrieben hatte, nannte ihr den zuständigen Ansprechpartner. Sie wählte die angegebene Rufnummer und nach kurzem Freizeichen wurde abgehoben.

„Mielich?", meldete sich eine tiefe Stimme.

„Guten Tag, Herr Mielich, mein Name ist Helena Hansen von der Kripo."

„Ah, Frau Hansen, meine Kollegen haben mir schon mitgeteilt, dass Sie mich sprechen wollten."

„Genau. Wir haben einen Mordfall, bei dem Drogen ursächlich für den Tod des Opfers sind." Schnell schilderte Helena Herrn Mielich die Umstände des Todes des bedauernswerten Restaurantbesitzers.

„Das ist ja mal ungewöhnlich", kommentierte der Beamte Helenas Ausführungen. „Normalerweise bringen die sich mit den Drogen selber um …"

„Richtig und nun zu meiner Frage: Kommt es häufiger vor, dass mit Lidocain gestrecktes Kokain auf den Markt kommt? Was haben Sie für Erfahrungen damit?"

„Tatsächlich haben wir in der letzten Zeit häufiger eine Verunreinigung des Kokains mit Lidocain festgestellt", antwortete Herr Mielich. Interessiert horchte Helena auf. „Erst letzte Woche haben wir zwei Männer festgenommen, die jeweils eine kleine Menge davon bei sich trugen."

„Können Sie mir bitte die Namen und Anschriften der beiden weiterleiten?", bat Helena aufgeregt.

„Natürlich, kein Problem. Aber machen Sie sich mal nicht zu große Hoffnungen. Die geringe Menge, die sie dabeihatten, spricht eher für den Eigengebrauch als fürs Dealen."

„Vielleicht können sie mir dennoch etwas über die Herkunft der Drogen sagen", beharrte Helena.

„Versuchen Sie's", meinte Herr Mielich trocken. „Uns haben die jedenfalls nichts gesagt. Vielleicht haben Sie ja mehr Glück."

Helena bedankte sich und gab noch ihre Mailadresse durch, bevor sie das Gespräch beendete.

Interessant war das ja schon! Wenn sie die Herkunft der Drogen ermitteln könnte, wäre sie gleichzeitig der Lösung ihres Falles einen ganzen Schritt näher gekommen.

Einige Stunden später folgte prompt die Ernüchterung. Keiner der beiden Junkies konnte oder wollte Helena weiterhelfen. Beide gaben an, in der Stadtmitte von einem Unbekannten die Drogen bezogen zu haben. Wieder mal ins Leere ermittelt! Helena seufzte.

„Du, i mach jetzt mal Feierabend, Lena", riss Franzi sie auf ihrem Selbstmitleid. „Willsch du no net heim?" Fragend sah Franzi sie an, während sie ihre Sachen zusammenpackte.

Überrascht sah Helena auf die Uhr. Schon sechzehn Uhr! Wo war nur die Zeit hin? Seit Stunden recherchierte sie bezüglich ähnlicher Fälle, fand jedoch nichts, wo sie ansetzen konnte. Ihre gute Stimmung vom Morgen war wie weggeblasen. Schon wieder konnte sie Herrn Meier keine positive Meldung machen.

„Ich bleibe noch ein wenig", sagte Helena zu ihrer Kollegin. „Mach dir ein schönes Wochenende!"

„Du dir au! Und wenn du Sehnsucht nach deiner Franzi hasch, weißsch ja, wo du mi findsch", grinste die Augsburgerin, die Klinke bereits in der Hand. Sie zwinkerte Helena noch verschmitzt zu, bevor sie ging.

Helena setzte sich an den runden Tisch in der Ecke und fing an, die Ordner aus Herrn Zeitlhammers Büro durchzusehen. Lieferscheine, Rechnungen, Kostenvoranschläge ... Der übliche Buchführungskram eben. Die Kontoauszüge waren da schon interessanter. Erstaunt pfiff Helena durch die Zähne. Dass man mit einem Restaurant so viel verdienen konnte, hätte sie nicht gedacht. Herr Zeitlhammer hatte seine Kontoführung tadellos im Griff gehabt. Alle Posten waren sauber vermerkt und nachvollziehbar. Lediglich die größeren Bargeldbeträge, die regelmäßig einmal im Monat abgehoben wurden, waren nirgends näher erklärt.

Helena wurde stutzig. Wozu hob Herr Zeitlhammer einmal im Monat 5.000 Euro ab? Dass das sein „Taschengeld" für den kommenden Monat war, schloss

Helena aus. Wenn man sich die Kontoauszüge genau betrachtete, konnte man darauf schließen, dass Herr Zeitlhammer so gut wie immer mit Kreditkarte bezahlt hatte. Sogar das belegte Brötchen vom Feinkosthändler erschien auf den Auszügen. Wofür brauchte der Restaurantbesitzer so viel Geld?

Kurz entschlossen griff Helena zum Telefon, um noch mal den ehemaligen Geschäftspartner von Herrn Zeitlhammer, Herrn Münster zu sprechen. Vielleicht konnte er Licht ins Dunkel bringen, auch wenn sich Helena nicht viel davon versprach, da die Geldbeträge erst abgehoben wurden, nachdem die beiden ihre Geschäftsbeziehung aufgegeben hatten.

Nach kurzem Läuten nahm Herr Münster ab. „Hallo?"

„Grüße Sie, Herr Münster, hier spricht Helena Hansen von der Kripo Augsburg."

„Ah, Frau Hansen. So spät noch im Büro?"

„Man tut, was man kann. Herr Münster, Sie kannten Herrn Zeitlhammer doch recht gut, nicht wahr?"

Ihr Gesprächspartner lachte. „Gut ist etwas untertrieben, Frau Hansen. Seitdem Luis die *Zirbelnuss* eröffnet hatte, haben wir uns zwar seltener gesehen, aber wir waren jahrelang beste Freunde."

„Können Sie sich vielleicht erklären, wozu Herr Zeitlhammer größere Geldbeträge in bar gebraucht haben könnte?"

„Bargeld?", antwortete Herr Münster erstaunt. „Luis hat schon immer Kartenzahlung bevorzugt. Manchmal hat er einen richtigen Aufstand gemacht, wenn jemand seine Karte nicht nehmen wollte. Nicht jedes Geschäft nimmt für Kleinstbeträge Kartenzahlung an."

„Vielen Dank, Herr Münster. Sie haben mir sehr geholfen.“

„Keine Ursache, Frau Kommissarin. Wenn ich noch etwas für Sie tun kann, lassen Sie es mich wissen. Ach, und, Frau Hansen, gibt es schon Neuigkeiten wegen der Beerdigung?“

„Leider nein. Die Leiche ist noch nicht freigegeben und da Herr Zeitlhammer keine nähere Familie hatte, muss erst noch geklärt werden, wie es weitergeht.“

„Ich würde mich sehr gerne um ein anständiges Begräbnis kümmern“, bot Herr Münster sofort an. „Das ist doch das Mindeste, was ich noch für Luis tun kann.“

„Das ist sehr freundlich von Ihnen. Ich leite die Info an meine Kollegen weiter, die werden sich dann mit Ihnen in Verbindung setzen. Einen schönen Abend, Herr Münster.“

„Auf Wiederhören, Frau Kommissarin.“

Nachdenklich lehnte sich Helena zurück. Ihre Vermutung war also richtig gewesen. Wofür hatte Herr Zeitlhammer das Bargeld benutzt? Sie zog die Stirn in Falten.

„Frau Hansen, Sie sind ja noch da.“ Herr Meier stand mit Mantel und Aktentasche in der Tür. „Gibt es denn wirklich keine Neuigkeiten im Fall Zeitlhammer?“

Helena berichtete ihm von ihrer neuesten Erkenntnis. Interessiert hörte ihr Chef zu, verzog dann aber das Gesicht.

„Na, viel ist das ja nicht gerade“, urteilte er. „Oder haben Sie eine Ahnung, wofür er das Geld verwendete?“

„Leider nicht“, gab Helena kleinlaut zu. „Dennoch ist es besser als nichts.“

„Dann wünsche ich Ihnen baldige Ermittlungser-
folge", sagte Herr Meier seufzend, der sich bereits zum
Gehen gewandt hatte. „Weiß Gott können wir die brauchen!" Er tippte sich an den Hut. „Auf Wiedersehen,
Frau Hansen."

„Ein schönes Wochenende, Herr Meier."

Nachdem ihr Chef gegangen war, räumte Helena ihre
Sachen zusammen und machte sich auch auf den
Nachhauseweg. Die goldene Herbstsonne setzte die
knarzigen Bäume, die die Straße vor dem Präsidium
säumten, gekonnt in Szene. Tief atmete Helena die
würzige Luft ein und entschloss sich spontan, noch laufen zu gehen. Schnell schlüpfte sie zu Hause in ihre
Sportklamotten und flitzte los. Ihre Füße wirbelten
bunt gefärbtes Laub auf, als sie an der alten rostroten
Stadtmauer entlanglief. Die mächtigen Kastanien hatten bereits einen Großteil ihrer inzwischen braunen
Blätter verloren, während die Ahornbäume ihre bunte
Pracht stolz zur Schau stellten. Fasziniert bemerkte Helena, dass sogar die uralte Stadtmauer sich ein herbst-
liches Gewand angelegt hatte. Leuchtend rote Weinre-
ben rankten an den alten Ziegelsteinen entlang und gaben verschlungen mit dem sattgrünen Efeu ein zauber-
haftes Bild ab.

Durch das Laufen wurde Helenas Kopf wieder klar.
Wenn man den ganzen Tag im muffigen Büro hockte,
fehlte einem manchmal der nötige Durchblick. Obwohl
sie noch nicht wirklich weitergekommen war, machte
sich Helena ihre Fortschritte bei den Ermittlungen bewusst: die 5.000 Euro, das merkwürdige Verhalten der
umliegenden Geschäftsinhaber, das gestreckte Kokain

… Irgendwie würde sich schon noch ein Gesamtbild ergeben. Sie musste nur die Puzzleteile richtig zusammensetzen. Beschwingt lief Helena die letzten Meter nach Hause.

Nach einer ausgiebigen Dusche nahm sie ihren ganzen Mut zusammen und ging zu Nick hinüber, um endlich ein klärendes Gespräch mit ihm zu führen. Ihr Herz klopfte wie verrückt, als sie auf den Klingelknopf drückte. Keinesfalls würde sie einfach ihren Schlüssel benutzen und in seine Wohnung spazieren. Nichts rührte sich. Helena klingelte erneut und lauschte. Kein Laut war zu vernehmen. Nick war nicht da. Enttäuscht wandte sich Helena ab und ging zurück in ihre Wohnung. Kaum war die Tür hinter ihr ins Schloss gefallen, straffte sie die Schultern. Nein, sie würde nicht in alte Muster verfallen und Trübsal blasen! Die Sache mit Nick würde sich früher oder später klären und solange es nicht so weit war, machte es wenig Sinn, sich den Kopf darüber zu zerbrechen.

Ihr Magen knurrte und Helena machte sich auf in die Küche, den Inhalt ihres Kühlschranks inspizierend. Kurze Zeit später brutzelte ein schönes Schnitzel nebst Bratkartoffeln in der Pfanne und verbreitete einen verheißungsvollen Duft, der Helena das Wasser im Mund zusammenlaufen ließ. Zur Feier des Tages – immerhin war ja Freitag – goss sich Helena ein großzügiges Glas Rotwein ein.

Während sie darauf wartete, dass das Schnitzel eine goldbraune Farbe annahm, stellte sie sich mit dem Glas in der Hand ans Küchenfenster und ließ ihren Blick über die Hausdächer ihrer Wahlheimat gleiten. Die untergehende Sonne verlieh der Szenerie eine dramatische Farbe. Helena musste daran denken, dass sie den Herbst schon immer gemocht hatte. Diese ganz besondere Stimmung, das diffuse Licht, der lang anhaltende Nebel, der durch die Gassen waberte ... Was gab es Schöneres, als an einem trüben Herbsttag dick eingemummelt auf der Couch zu sitzen und ein gutes Buch zu lesen? Für Helena würde der Herbst auch immer verbunden sein mit knisterndem Kaminfeuer. Der Moment, wenn ihr Vater zum ersten Mal im Jahr angeschürt hatte und sich wohlige Wärme im Wohnzimmer ausbreitete, während Mama ihr einen Kräutertee mit viel Honig hinstellte und ihr liebevoll über den Kopf strich.

Helena nahm einen Schluck Rotwein und lächelte. Sie dachte ohne großes Heimweh an ihre Kindheit zurück. Schön hatte sie es gehabt, ohne Zweifel, aber sie hatte hier im Süden der Republik eine neue Heimat gefunden. Bis vor Kurzem hatte sie sogar fest geglaubt, auch ihre Liebe hier gefunden zu haben ...

Das laute Brutzeln vom Herd riss Helena aus ihren Gedanken. Schnellen Schrittes ging sie zum Herd und zog die Pfanne zur Seite, bevor sie ihn ausstellte. Das Schnitzel war etwas sehr kross gebacken, aber egal. Sie richtete sich einen Teller her, schaltete ihr Radio ein und setzte sich an den Küchentisch. Das Schnitzel schmeckte ausgezeichnet, der Wein war hervorragend und das Radio spielte einen fetzigen Song. Helena wippte mit dem Fuß, während Bissen um Bissen in ihrem Mund verschwanden. Plötzlich stoppte der Song abrupt.

„Wir unterbrechen das Programm für eine Sondermeldung. Im Augsburger Stadtteil Pfersee ist es eben zu einer Schießerei gekommen."

Helenas Kopf fuhr hoch.

„Laut Augenzeugenberichten sind vor wenigen Augenblicken vor der beliebten Pizzeria La Dolce Vita Schüsse gefallen. Wir bitten darum, den Bereich nicht anzufahren. Die Polizei ist vor Kurzem eingetroffen und riegelt das Gebiet ab. Angeblich ist mindestens eine Person getroffen worden. Sobald wir Näheres wissen ..."

Das Klingeln des Telefons unterbrach die Berichterstattung.

„Lena?", keuchte Franzi ins Telefon. „Hasch es scho g'hört? In Pfersee isch jemand erschossen worden!"

„Ich hab's gerade im Radio gehört", antwortete Helena kopfschüttelnd.

„Mir sollen sofort hin, sagt der Chef! I fahr glei los! Treff mer uns dort?"

„Soll ich dich vielleicht abholen?"

„Ne, passt scho, danke. I hab nen Streifenwagen b'schtellt, der sollt glei da sein. Bis glei!"

Helena sah bedauernd auf ihre restliche Mahlzeit, als sie vom Tisch aufstand. Kurz überlegte sie, ob sie sich noch etwas anderes anziehen sollte, entschied sich aber dagegen. Keine Zeit! Sie schnappte sich ihre Tasche, ihr Handy und den Schlüssel und hastete los.

Kaum fünf Minuten später traf sie auch schon am Tatort ein. Blaulicht, wohin sie auch sah. Neugierige Menschen hinter Absperrbändern, die versuchten, einen Blick auf die Szene zu erhaschen. Beamte hielten weiße Laken in die Höhe, um den Blick zu versperren.

Das verhieß nichts Gutes. Helena wies sich aus und passierte das Absperrband. Als sie hinter das Laken blickte, wünschte sie sich, nichts gegessen zu haben. Ihr Magen revoltierte und sie hatte alle Mühe, den Inhalt bei sich zu behalten. Auf dem Boden lag ein Toter mit dem Gesicht nach unten. Dass er nicht mehr lebte, lag allein schon durch die riesige Blutlache, die sich unter ihm ausgebreitet hatte, auf der Hand. Durch die hell erleuchteten Fensterscheiben des Restaurants, auf dessen Parkplatz der Tote lag, wurde die Szenerie gut beleuchtet. Da das Restaurant leer war, die Tische aber gut gefüllt waren, ging Helena davon aus, dass die meisten Menschen, die hinter dem Absperrband standen, zum Zeitpunkt des Mordes gerade beim Essen gesessen waren. Sie drehte sich zu einer jungen Uniformierten: „Bitte sorgen Sie dafür, dass die Gäste des Restaurants zur Zeugenbefragung vor Ort bleiben." Die Frau nickte knapp und verschwand hinter dem Vorhang.

Kaum war sie weg, schlüpfte Franzi durch die Barriere. „Ja, Mensch, sag mal! Was isch denn hier passiert?" Kopfschüttelnd besah sie sich den Tatort. Trotz der schlimmen Situation musste Helena schmunzeln. Franzis Outfit war aber auch zu köstlich! Sie trug eine graue Jogginghose mit dicken gekringelten Wollsocken, die sie über die Hose gestülpt hatte. Darüber trug sie eine dicke Wolljacke, die sie mit einer Kordel verschlossen hatte. Ihre lockigen Haare trug sie zu zwei kleinen Zöpfen geflochten, die links und rechts vom Kopf abstanden. Keine Frage, auch Franzi hatte sich auf einen gemütlichen Abend zu Hause eingestellt.

Inzwischen war auch Dr. Lysander eingetroffen, der sich direkt an die Arbeit begab, nachdem er den Kommissarinnen kurz zugenickt hatte. Er streifte weiße Überzieher über seine Lederschuhe, was Helena kurz irritierte. Dann wurde ihr klar, dass er in die Blutlache treten musste, um an das Opfer heranzukommen. Sie wandte sich zu Franzi.

„Wollen wir schon mal anfangen, die Leute zu befragen?" Ihre Kollegin bejahte. Auch sie hatte es eilig, den Tatort zu verlassen.

Sie liefen auf die Menschen zu, die sich vor dem Absperrband drängten.

„Scusi", wurden sie von einem Herrn mittleren Alters in Anzug und Krawatte unterbrochen. Die Kommissarinnen sahen ihn aufmerksam an.

„Ja, bitte?"

„Bitte, können Sie mir sagen, was ich jetzt machen soll?" Er deutete auf das Restaurant und die vielen Menschen um sich herum. Helena begriff.

„Sie sind der Inhaber des Restaurants?"

„Si. Mein Name ist Raffaele Rossi."

„Hansen, von der Kripo Augsburg, und das ist meine Kollegin Danner", stellte Helena Franzi und sich vor. „Sagen Sie, Herr Rossi, haben Sie vielleicht noch Räumlichkeiten, die nicht nach vorne rausgehen?"

„Certo. Wir haben hinten einen großen Raum, den man für Feierlichkeiten buchen kann."

„Dann würde ich Sie bitten, ihre Gäste wieder hineinzubitten und nach hinten in den anderen Raum zu geleiten. Meine Partnerin und ich folgen ihnen."

Herr Rossi nickte und stellte sich hinter die Menschen. „Scusi alle zusammen", rief er laut, um die Aufmerksamkeit aller zu erregen. „Wenn ich Sie bitten dürfte, mich nach innen zu begleiten? Der Schock sitzt uns allen tief in den Knochen und ich würde Sie gerne auf einen Espresso und Panna Cotta einladen. Die Damen von der Kripo würden Sie außerdem gerne sprechen."

Die Menschen raunten zustimmend und warfen den Kommissarinnen neugierige Blicke zu. Dann folgten dem hochgewachsenen Italiener ins Restaurant.

Drinnen war es angenehm warm. Es roch nach italienischen Kräutern und Holzofenpizza. Helena warf einen kurzen Blick in den Hauptraum und stellte fest, dass man von dort einen erstklassigen Blick auf den Parkplatz hatte. Die Fensterscheiben gingen vom Boden bis unter die Decke. Sie konnte Dr. Lysander bei der Arbeit sehen und bemerkte außerdem Hauptkriminalkommissar Meier, der mit verkniffenem Gesichtsausdruck daneben stand.

Sie folgte mit Franzi den plappernden Stimmen und betrat schließlich einen großen Saal, in dem lange Tafeln aufgebaut waren. Die Gäste hatten sich an die Tische gesetzt und herumhuschende Bedienstete versorgten sie mit Cappuccino, Espresso und süßen Nachspeisen. Helena und Franzi sprachen sich ab und fingen mit den Befragungen an.

Eine halbe Stunde später betrat Herr Meier den Saal und winkte die Kommissarinnen zu sich. „Haben Sie bereits Anhaltspunkte, was geschehen ist?", wollte er wissen.

„Mehr als Anhaltspunkte", berichtete Helena. „Der Tatort war vom Restaurant aus gut einsehbar. Mehrere Augenzeugen berichten, dass das Opfer aus einem roten Sportwagen ausgestiegen ist und wenige Augenblicke später von einem einzelnen Täter, der eine tief ins Gesicht gezogene Baseballmütze trug, von hinten erschossen wurde. Anschließend ist der Täter zu Fuß geflüchtet."

Franzi nickte zustimmend. „Mir ham die Beschreibung des Mannes sofort raus'geben und die Fahndung läuft."

Herr Meier nickte. Helena bemerkte, dass seine Hände leicht zitterten.

„Zuerst der Mordfall auf dem Plärrer, dann die Sache mit Herrn Zeitlhammer und jetzt das ..." Er stöhnte gequält. „Ich muss Ihnen wohl nicht sagen, dass die Presse sich mehr denn je auf uns stürzen wird."

Helena schluckte. Ihr Chef hatte recht. Der Druck würde sich unweigerlich erhöhen. Was war nur los in der sonst so beschaulichen Fuggerstadt?

„Ah, da sind ja die Damen." Dr. Lysander hatte den Raum betreten. Er nickte Herrn Meier zu. „Herr Kriminalhauptkommissar, habe die Ehre."

„Grüße Sie, Dr. Lysander. Was können Sie uns mitteilen?"

„Wir haben es hier mit einem gezielten Schuss in den Hinterkopf zu tun. Das Opfer war sofort tot", berichtete der Pathologe mit ernstem Gesicht. „Die restlichen Werte erhalten Sie wie üblich in meinem Bericht. Auf Wiedersehen zusammen." Er griff nach seiner Tasche und verließ den Raum.

„Ein Raubüberfall?", spekulierte Herr Meier.

„Ich denke, das können wir aufgrund der Zeugenaussagen ausschließen", antwortete Helena. „Das Opfer war gerade erst aus seinem Wagen ausgestiegen und wurde anschließend sofort erschossen. Es hat seinen Mörder nicht einmal kommen sehen. Anschließend sei der Täter sofort davon gelaufen."

„Bitte halten Sie mich auf dem Laufenden", bat Herr Meier. „Ich versuche derweil, die Presse auf Abstand zu halten. Langsam wird's brenzlig ..." Er verabschiedete sich und ging hinaus.

Helena bemerkte Herrn Rossi, der sich in ihrer Nähe mit Gästen unterhielt. Sie winkte ihn heran. Mit besorgtem Gesichtsausdruck näherte er sich.

„Herr Rossi, haben Sie etwas von der Tat mitbekommen?"

Bedauernd hob er beide Handflächen nach oben. „Leider nicht. Ich war gerade in der Küche, als die Leute anfingen zu schreien. Als ich rausgerannt bin, sind die Gäste schon aus dem Restaurant geströmt. Ein Kellner hat mir berichtet, was geschehen war."

„Mi würd interessieren, ob Sie des Opfer vielleicht kannten", schaltete sich Franzi in das Gespräch ein. „Der Mann isch wohl mit einem roten Sportwagen vorgefahren, wie wir gehört haben."

Herr Rossi wurde blass. „Ein roter Ferrari?", fragte er nach.

„Ehrlich g'sagt: Keine Ahnung", antwortete Franzi. „Von Autos hab i echt kein blassen Schimmer. So a flacher roter Flitzer halt."

Helena schmunzelte. Typisch Franzi. Ihr war der Ferrari gleich aufgefallen. Allzu häufig sah man diese Nobelkarossen ja nicht.

„Ja, das Opfer hat einen Ferrari gefahren", berichtigte sie.

„Paolo!", stieß Herr Rossi entsetzt aus.

Helena und Franzi warteten respektvoll ab, bis sich ihr Gesprächspartner beruhigt hatte. Heftig hob und senkte sich seine Brust, Schweißtropfen standen auf seiner Stirn.

„Setzen Sie sich doch, Herr Rossi", sagte Helena und bugsierte ihn auf einen nahestehenden Stuhl.

„Hier ham'S a Glas Wasser. Jetzt trinken'S a mal nen Schluck, dann geht's Ihnen glei besser." Franzi drückte dem Gastwirt ein Glas Wasser in die Hand, das sie vom Tisch nebenan organisiert hatte.

Geduldig warteten die Kommissarinnen, bis Herr Rossi einen Schluck genommen hatte. Seine Gesichtsfarbe normalisierte sich langsam wieder.

„Wie schrecklich", flüsterte er.

„Kannten Sie das Opfer gut?", fragte Helena mitfühlend.

Herr Rossi strich sich seufzend durch die gegelten Haare.

„Gut ist übertrieben", antwortete er. „Paolo ist vor ein paar Monaten nach Deutschland gezogen und war seitdem Stammgast bei mir."

„Was können Sie uns über Paolo erzählen? Wie hieß er noch?" Helena hielt ihr Notizbuch griffbereit.

„Bruni. Paolo Bruni", sagte Herr Rossi. „Er kam aus Napoli."

„Wissen Sie, was er beruflich g'macht hat?", erkundigte sich Franzi.

„Nicht genau. Ich hab ihn mal danach gefragt, aber er wollte nicht über die Arbeit sprechen. Ich hab nicht nachgehakt. Die Gäste sollen sich ja auch wohlfühlen, wissen Sie?“

Helena nickte verstehend.

„Wir haben uns eigentlich ausschließlich über unsere Heimat unterhalten. Ich glaube, Paolo hatte ein wenig Heimweh. Er hat oft über dieses kalte Land geschimpft.“

„Kommen Sie ebenfalls aus Neapel?“, erkundigte sich Helena.

„Nein.“ Er schüttelte den Kopf. „Aber wir Italiener halten hier zusammen, verstehen Sie? Die gemeinsame Herkunft verbindet.“

„Ham Sie sonscht no Informationen über Herrn Bruni für uns?“

„Ich denke nicht. Wie gesagt, ich kenne ihn gerade mal seit ein paar Monaten.“

Helena holte eine Karte aus ihrer Tasche und reichte sie dem Wirt. „Bitte zögern Sie nicht, uns anzurufen, falls Ihnen doch noch etwas einfällt.“

Herr Rossi nickte und steckte die Karte in seine Brusttasche. „Darf ich mich jetzt wieder um meine Gäste kümmern?“

„Natürlich“, sagte Helena.

Herr Rossi stand auf und atmete tief durch. Bevor er sich zu seinen Gästen begab, setzte er ein breites Lächeln auf, das seine Augen nicht erreichte.

Ein Profi durch und durch, dachte Helena.

„Lass uns ’nausgehen und mal mit der SpuSi sprechen“, sagte Franzi. „I hab die Kollegen gebeten, alle Kontaktdaten der Zeugen aufzunehmen.“ Sie nickte mit dem Kopf zu den beiden Uniformierten, die sich von Tisch zu Tisch vorarbeiteten. „Das Wichtigschte wiss mer jetzt ja scho.“

Helena stimmte Franzi zu und verließ gemeinsam mit ihr das Restaurant. Die SpuSi packte gerade ihre Sachen zusammen. Viel zu sichern gab es diesmal nicht.

Franzi winkte einem Kollegen zu, der daraufhin bereitwillig zu ihnen kam. „Grüß Sie, Herr Kollege. Danner, von der Kripo“, sie hielt ihm ihren Ausweis unter die Nase. „Können’S uns scho was sagen?“

Der Beamte öffnete den Reißverschluss seines weißen Ganzkörperanzuges und zog sich die Kapuze vom Kopf. Darunter kam eine glänzende Halbglatze zum Vorschein. „Erst mal brauch ich ein wenig Luft, wenn Sie erlauben. Ah, viel besser.“ Er wischte sich mit einem Stofftaschentuch über die Glatze. „Unter dem Plastikzeug schwitzt man wie ein Schwein.“

Verständnisvoll warteten die Kommissarinnen ab.

„Wir haben eine einzelne Patronenhülse gefunden, die darauf schließen lässt, dass der Täter eine 9-Millimeter-Pistole verwendet hat“, berichtete er endlich. „Ansonsten lag der Autoschlüssel neben der Leiche. Das Opfer war wohl gerade erst aus seinem Wagen gestiegen und hatte noch keine Gelegenheit, den Schlüssel einzustecken. In der Jackentasche des Opfers befand sich ein Portemonnaie, in dem 500 Euro und ein italienischer Ausweis waren. Ich hab es dem Kollegen dahinten gegeben, der es für Sie aufbewahrt.“

„Also kein Raubmord“, stellte Franzi fest.

„Definitiv nicht“, antwortete der Mann. „Der Täter hätte ja wohl kaum den Geldbeutel und vor allem das Auto dagelassen, wenn er auf Geld aus war.“

„Vielen Dank, Herr Kollege. Sie haben uns sehr weitergeholfen“, verabschiedete Helena den Mann, der dankbar nickte und zu seinen Kollegen davoneilte, die gerade dabei waren, ihre Taschen im Auto zu verstauen. Ein Leichenwagen fuhr vor, um das Opfer abzuholen, das nach wie vor durch die hochgehaltenen weißen Stoffbahnen von neugierigen Blicken abgeschirmt wurde. Inzwischen war auch ein weißer Kastenwagen mit der Aufschrift des lokalen Fernsehsenders vor Ort. Ein Kamerateam baute ihre Gerätschaften auf.

„Toller Start ins Wochenende“, seufzte Franzi. „Wie geh mer jetzt weiter vor, Lena?“

„Fahren wir ins Präsidium?“, schlug Helena vor. „Dort können wir einen Schlachtplan entwerfen.“

„So mach mer’s“, stimmte Franzi zu. „Dann fahr i glei bei dir mit.“ Als die beiden zu Helenas Auto gingen, mussten sie an den Fernsehleuten vorbeigehen. Ein Reporter mit einem überdimensionalen Mikro in der Hand lief von einem Kameramann verfolgt auf die beiden Frauen zu.

„Sind Sie von der Polizei? Können Sie uns vielleicht Näheres über den schrecklichen Mordfall berichten?“

Vom grellen Licht der Kamera geblendet, hielt Helena schützend ihre Hand vor das Gesicht.

„Mir können gar nix berichten“, sagte Franzi grob und schob den Mann einfach aus dem Weg. „Für so was ham mir ne Pressestelle, junger Mann!“ Sie griff nach Helenas Arm und zog sie zum Auto. „Lass uns hier abhauen!“

Helena nickte und stieg ins Auto ein. Als sie in den Rückspiegel schaute, sah sie das verärgerte Gesicht des Journalisten, der in das Mikrofon sprach und wild gestikulierte. Langsam fuhr sie vom Parkplatz und atmete tief durch, als sie sich vom Ort des Geschehens entfernten.

Das Präsidium war um diese Uhrzeit beinahe menschenleer. Nur die Kollegen der Nachtschicht waren da und saßen gähnend in ihren Büros. Der Gang, in dem ihr Büro lag, war dunkel und wirkte beinahe gespenstisch. Franzi schaltete das Licht an und die grelle Neonröhre blinkte zweimal, bevor sie alles in ihr helles Licht tauchte.

„Noch a Mordfall", stöhnte Franzi, während sie ihre Umhängetasche auf ihren Schreibtisch pfefferte. Genervt ließ sie sich auf ihren Schreibtischstuhl fallen.

„Langsam nimmt die Sache beängstigende Ausmaße an", seufzte auch Helena. „Weder beim Plärrermord noch bei der Ermordung des Gastwirts sind wir großartig weitergekommen und jetzt noch ein Mord?" Sie fuhr sich durch die wirren Haare und strich sie nach hinten. „Vielleicht sollten wir Verstärkung anfordern, Franzi?" Zweifelnd sah sie zu ihrer Kollegin.

„Jetzt wart ersch mal ab, Lena! Morgen früh kommt der italienische Kommissar, von dem i dir erzählt hab, und dem wird's grad wurscht sein, ob er uns bei einem oder zwei Morden hilft."

Erstaunt sah Helena ihre Kollegin an. „Wie meinst du das jetzt?"

„Na, der Tote grad eben war doch au Italiener, oder net?"

Schmunzelnd musste Helena Franzi recht geben.

„Siehsch du!", sagte Franzi zufrieden. „Da hasch du doch dei Verstärkung!"

„Prima! Dann lass uns nachsehen, ob der Verstorbene Angehörige hatte, die wir verständigen müssen. Nicht dass die von der Sache durch die Medien erfahren!“

Franzi nickte und gemeinsam sahen sie nach, welche Informationen über das Opfer vorlagen.

„Keine Eintragung“, sagte Helena schließlich. „Wer weiß, vielleicht sitzt in Italien eine junge Witwe und weiß noch gar nicht, was geschehen ist!“

„Oder er war gar net verheiratet!“, versuchte Franzi, ihre Kollegin zu beschwichtigen. „Wir fragen morgen glei mal bei den italienischen Kollegen nach, ok?“

„Dann würde ich vorschlagen, dass wir uns gleich morgen früh um neun im Büro treffen“, seufzte Helena. „Mehr können wir momentan sowieso nicht machen.“

Franzi gähnte. „So mach mer's! Kannsch mi no schnell heimfahren?“

„Natürlich“, grinste Helena. „Ich kann dich ja schlecht heimlaufen lassen um die Uhrzeit.“

Als Helena eine halbe Stunde später ihre Wohnung betrat, war es bereits kurz vor ein Uhr nachts. Todmüde schlurfte sie in die Küche und leerte bedauernd das angegessene Abendessen in den Mülleimer. Hunger hatte sie keinen mehr, sie wollte nur noch ins Bett. Deshalb musste eine Katzenwäsche reichen, bevor sie schlafen ging. Sie war so müde, dass sie nicht einmal mehr ihr Buch zur Hand nahm, sondern war bereits nach wenigen Minuten eingeschlafen.

8.

Ein heller Lichtstrahl weckte Helena am nächsten Morgen. Sie hatte in all der Aufregung ganz vergessen, den Rollladen herunterzulassen. Gähnend rekelte sich Helena im Bett und warf einen Blick auf die Uhr. Halb sieben durch. Um neun wollte sie sich mit Franzi im Büro treffen, also hatte sie noch genügend Zeit für eine ausgiebige Dusche.

Frisch gewaschen mit einem Handtuch um die nassen Haare geschlungen frühstückte Helena anschließend gemütlich. Immerhin war Samstag, auch wenn sie zur Arbeit musste.

Um halb neun machte sie sich schließlich auf den Weg ins Präsidium und parkte kurz darauf auf dem Parkdeck. Als sie ihre Tasche aus dem Auto holte, ertönte eine Hupe. Irritiert sah sie hoch. Ein Streifenwagen hatte neben ihr angehalten. Das Fenster wurde heruntergelassen und Helena sah in das breit grinsende Gesicht von Streifenpolizist Schorsch.

„Griaß di, Lena. Na, hasch auch Dienscht am Samschtag?"

„Guten Morgen, Schorsch. Ja, leider."

Er runzelte die Stirn. „Ah, stimmt ja. Geschtern Nacht hat's ja no so nen armen Deifi erwischt!"

Helena verstand nur Bahnhof. „Wen hat's erwischt?"

„Na, so nen armen Deifi, weißsch scho. Den, den's vor der Pizzeria erschossen ham!“

Helena gab auf nachzuhaken. Wenigstens war ihr inzwischen klar, dass Schorsch von dem Toten vom Vortag sprach. „Ah so, ja. Leider gab es wieder einen Mordfall. Dass du schon wieder davon weißt ...“

„Na, hör mal, Lena! Des kommt doch sogar auf RTL!“

Erstaunt riss sie die Augen auf. „Echt jetzt?“

„Aber sicher! So was lässt sich doch des Privatfernsehen net entgehen!“

„Dass das solche Kreise zieht ...“, sagte Helena kopfschüttelnd.

„Ja, freili! Mir san doch net in Texas, wo ständig rumgeballert wird! Wenn bei uns im friedlichen Schwabenstädtle jemand erschossen wird, isch des scho ne kleine Sensation.“

Helena schwante Schlimmes.

„War schee, dich g'sehn zu haben, Lena. Mir müssen dann au los.“ Schorsch tippte sich an die Mütze und sein Kollege ließ die Scheibe wieder hochfahren. Helena hob die Hand zum Abschied und sah dem Streifenwagen nach, wie er aus dem Parkplatz fuhr.

Als sie in ihr Büro kam, saß auf ihrem Stuhl ein großer, schlanker Mann und grinste sie an. Franzi war nicht zu sehen.

„Sagen Sie mal, was machen Sie denn hier?“, fragte Helena verblüfft.

In dem Moment öffnete sich die Tür und Franzi kam mit einem schwer beladenen Tablett herein. Sie balancierte Kaffeetassen, einen Teller mit Gebäck, Zucker und ein Milchkännchen vor sich her. Helena eilte zu ihr und half ihr, die Dinge auf den kleinen runden Tisch abzustellen.

„Danke, Lena", sagte Franzi und lehnte das leere Tablett an die Wand. „Du hasch den Toni scho kenneng'lernt?"

Der Mann stand auf und reichte ihr die Hand. „Antonio Monti."

„Toni, this is Lena, my partner", stellte Franzi Helena vor. Die hatte alle Mühe ein Schmunzeln zu unterdrücken, als sie den breiten Augsburger Dialekt vernahm, den Franzi auch beim Englischsprechen nicht ablegte.

„Nice to meet you", sagte Helena und schüttelte die Hand des Italieners. Er musterte sie mit seinen braunen Augen und nickte ihr freundlich zu. Sein halb langes Haar trug er leicht gewellt und ordentlich zurückgekämmt. Er trug eine Jeans und dazu ein weißes Hemd mit einem schicken beigen Sakko. Alles in allem ein sehr attraktiver Mann.

„Kommt's rüber und setzt's euch", sagte Franzi und winkte die beiden zum runden Tisch. „Want you a coffee, Toni? With sugar and milk? Maybe also a ... Zefix, wie heißt des nomml?" Franzi verdrehte die Augen und dachte angestrengt nach. „Weißsch scho, a Dings halt! A Gebäckstück." Sie deutete auf den Teller.

Helena konnte das Lachen nicht mehr unterdrücken, was Franzi ihr jedoch keineswegs übel zu nehmen schien, wie sie ihrem vergnügten Zwinkern entnehmen konnte.

„Vielen Dank. Ich nehme gerne ein Hörnchen", ertönte auf einmal die tiefe Stimme des Italieners. Sprachlos starrten die beiden Kommissarinnen ihn an.

„Sie sprechen ja Deutsch!", rief Helena erstaunt.

„Ich komme aus Südtirol“, erklärte Antonio schmunzelnd. „Da wächst man zweisprachig auf.“

„Des hättsch aber au mal früher sagen können“, beschwerte sich Franzi und zog einen Flunsch.

„Und mir deine hinreißenden Sprachkenntnisse entgehen lassen?“ Er nahm Franzis Hand in seine und sah ihr tief in die Augen. „Niemals!“

Die Augsburgerin strahlte ihren Gast an. „Des vereinfacht die Sache sehr. Bin i froh!“

Helena bemerkte schmunzelnd, dass Franzi es überhaupt nicht eilig zu haben schien, dem attraktiven Italiener ihre Hand wieder zu entziehen. Erst als beide anfingen zu essen, ließen sie sich los.

Antonio, den Franzi selbstverständlich ausschließlich Toni nannte, was dieser sich kommentarlos gefallen ließ, erzählte von seiner Reise.

„Am Dienstag muss ich weiter nach München“, sagte Antonio. „Natürlich stehe ich den Damen in der Zwischenzeit uneingeschränkt zur Verfügung.“ Er zwinkerte Franzi zu, die ihn anstrahlte.

„Kennt ihr vielleicht ein geeignetes Hotel hier in der Nähe?“

„Ein Hotel!“, rief Franzi empört. „Kommt ja gar net infrage. Du übernachtesch natürlich bei mir“, sagte Franzi resolut. Helena blieb der Mund offen stehen. Dass Franzi ein sehr freizügiger, unkomplizierter Mensch war, war ihr bewusst, aber einen wildfremden Mann nach Hause einzuladen, war eine ganz andere Nummer.

Erstaunt zog Antonio eine dunkle Augenbraue hoch. „Bist du sicher? Ich will dir keine Umstände machen.“

„Ganz sicher. Und außerdem isch des doch viel praktischer, wo du sowieso nur so kurz hier bisch, ge?"

Der Kommissar nickte. „Dann nehm ich das Angebot gerne an." Franzi strahlte.

Die Tür öffnete sich und ein übermüdet aussehender Herr Meier kam herein. Er zog die Augenbraue hoch, als er seine Kommissarinnen in fröhlicher Kaffeerunde vorfand. Helena beeilte sich, ihm Herrn Antonio Monti von der italienischen Kripo vorzustellen, und umriss kurz die Hilfe, die sie sich von ihm erhofften.

Herr Meier nickte knapp. „Na, hoffentlich geht dann endlich was voran mit den Ermittlungen. Wir können jede Hilfe gebrauchen." Er kratzte sich am Hals, wo ihn die eng gezogene Krawatte störte. „Die Presse steigt mir auf den Kopf! Nicht nur die lokale Presse, sondern auch die nationale! Haben Sie mal den Fernseher angemacht? Überall berichten sie über den Mord vor der Pizzeria! Der Polizeipräsident hat seinen Anruf für heute Mittag um 13 Uhr angekündigt und will Ergebnisse hören." Er strich sich fahrig über sein dünnes Haupthaar. „Bis Mittag brauch ich was, verstehen Sie?"

Helena schluckte nervös und nickte.

„Freili, Herr Meier, da können Sie sich ganz auf uns verlassen, ge? Mir machen des scho", ließ Franzi selbstbewusst ertönen.

„Dann will ich Sie mal nicht länger aufhalten. Frohes Schaffen." Herr Meier warf noch einen Blick auf den vollgestellten Tisch und verließ das Büro.

„Du nimmst den Mund aber voll", sagte Helena zu Franzi.

„I wo", winkte die ab. „Jetzt wo unser Toni da isch, wird sich des ratzfatz aufklären. Wirsch scho sehen."

Sie strahlte den Italiener an. „Ge, Toni, des krieg mer scho hin."

Verwirrung stand Antonio ins Gesicht geschrieben.

„Sie sagte, dass wir das schon hinbekommen werden", übersetzte Helena grinsend.

„So weit kommt's no, dass du mi übersetzsch!", brummte Franzi und fing an, das Tablett wieder zu beladen, um Platz auf dem Tisch zu schaffen. Helena beeilte sich, ihr zu helfen, was Franzi sich bereitwillig gefallen ließ.

Als sie wieder aus der Kaffeeküche zurückkehrten, setzten sich die Kommissarinnen an ihre Schreibtische und Franzi zog für Antonio einen Stuhl hinzu. Selbstverständlich auf ihre Seite. Abwechselnd berichteten die beiden Frauen von ihren Ermittlungen, wobei Helena den Fall Zeitlhammer nur kurz anschnitt, da Antonio hierbei offensichtlich nicht würde helfen können.

Aufmerksam hörte der Italiener den Ausführungen der beiden Frauen zu. Hin und wieder machte er sich Notizen auf seinem Tablet.

„Das ist doch schon mal eine ganze Menge an Informationen", kommentierte Antonio, nachdem sie mit ihrem Bericht fertig waren. „Dass das erste Opfer eine gefälschte Identität besaß, haben wir ja bereits herausgefunden."

Franzi nickte eifrig.

„Was ich jetzt bräuchte, wären Fotos, damit die Kollegen in Italien versuchen können, die wahre Identität des Opfers festzustellen."

„Die such i sofort raus", sagte Franzi eifrig und fing an zu tippen.

Antonio wandte sich an Helena. „Und du könntest in der Zwischenzeit Ermittlungen über das Opfer von gestern Abend anstellen. Ich werde auch seinen Namen nach Italien übermitteln und mal sehen, was der Computer ausspuckt."

Helena nickte. „Ich schicke dir gleich eine Kopie seines Ausweises. Sag mir nur noch schnell deine E-Mail-Adresse."

Nachdem sie das Gewünschte bekommen hatte, schickte sie Antonio eine Kopie des Ausweises von Paolo Bruni.

Der italienische Kommissar zog sich an den runden Tisch zurück, wo er sein Tablet mit Tastatur aufbaute. Er nahm sein Handy und telefonierte minutenlang auf Italienisch, bevor er anfing, mit dem Tablet zu arbeiten.

Eine Zeitlang war nur das Geklapper der Tastaturen zu hören. Helena recherchierte, was über Herrn Bruni aktenkundig war. Sie fand einige Knöllchen, aber nichts Großartiges. Im Mai hatte Herr Bruni seinen Wohnort in Augsburg gemeldet. Das deckte sich in etwa mit den Aussagen des Pizzeria-Inhabers, der erzählt hatte, dass Herr Bruni seit ein paar Monaten Stammgast bei ihm wäre. Helena notierte sich die Adresse auf einem Zettel und ließ sich den Hausschlüssel des Verstorbenen aus der Asservatenkammer kommen. Ein kurzer Blick auf die Uhr sagte ihr, dass es bereits halb elf war. Sie würde sich also beeilen müssen, wenn sie ihrem Chef bis Mittags Ergebnisse präsentieren wollte.

„Ich sehe mir kurz mal die Wohnung von Herrn Bruni an", teilte sie ihrer Partnerin mit.

Franzi sah kaum auf, so vertieft war sie in ihre Arbeit. „Alles klar. Bis später."

Antonio nickte ihr kurz freundlich zu, bevor sie das Büro verließ.

Paolo Brunis Wohnung lag in Pfersee, also nicht weit entfernt von dem Ort, an dem er erschossen worden war. Er hätte ohne Weiteres zu Fuß zur Pizzeria laufen können. Warum er sich dennoch entschlossen hatte, mit dem Auto die wenigen Meter zu fahren, erschloss sich Helena nicht. Sie parkte ihr Auto an der Straße und sah sich um. Die Gegend, in der Herr Bruni wohnte, war gesäumt von schicken Neubauten. Moderne, mehrgeschossige Häuser, von denen eins dem anderen glich, wechselten sich mit schmucken Einfamilienhäusern ab, in deren Vorgärten die obligatorischen Trampoline standen. Je größer das Haus, desto größer das Trampolin. Helena war in letzter Zeit immer häufiger aufgefallen, dass viele Familien ein solches Sportgerät im Garten aufgestellt hatten, aber so gut wie nie sah sie ein Kind darin herumhüpfen.

Das Haus mit der Nummer 45 stand auf der gegenüberliegenden Seite. Ein Blick auf die Klingelschilder sagte ihr, dass Herr Bruni wohl ganz oben gewohnt hatte. Sie zog den Schlüssel aus der Tasche und öffnete die Tür. Den Aufzug ließ sie links liegen und stieg stattdessen die Treppen hoch. Im dritten Stock fand Helena endlich die Tür mit der Aufschrift Bruni neben der Klingel. Sie sperrte auf und betrat die Wohnung, in der bis gestern Abend noch ein Mensch gelebt hatte. Irgendwie fühlte sich Helena wie ein Eindringling, als sie sich ihre Handschuhe überstreifte, um sich in der Wohnung umzusehen. Natürlich war das albern, gehörte es doch zu ihrer Pflicht als Kommissarin, sich ein möglichst vielfältiges Bild von dem Opfer zu machen. Dennoch konnte sie sich eines Schauderns nicht erwehren. Gerade erst ein paar Stunden war es her, dass ein gut gelaunter Paolo Bruni sich zum Feierabend in die nahe gelegene Pizzeria aufgemacht hatte, nichts ahnend, dass er von diesem Ausflug nicht mehr zurückkommen würde.

Helena öffnete die erste Tür auf der linken Seite. Das Badezimmer. Ganz Neubau stand sie in einem hellgefliesten, lichtdurchfluteten Bad, das zwar über keine Badewanne, aber eine sogenannte Walk-in-Dusche verfügte. Auf dem Waschbeckenrand lag eine Zahnpasta, die dazugehörige Zahnbürste stand auf dem Sims vor dem Spiegel auf dem Ladegerät neben einem Rasierer und einer großen Dose Rasierschaum. Ein Blick in den Schrank offenbarte einen Stapel frischer Handtücher und weitere Toilettenartikel.

Im nächsten Zimmer befand sich das Schlafzimmer Herrn Brunis. Ein großzügiges Bett mit dazu passender Schrankwand und Nachtkästchen befanden sich darin. Im Schrank hingen reihenweise Anzüge. Teure Marken, wie Helena feststellte. Auf einer Stange hingen viele verschiedene Krawatten ordentlich aufgehängt. Unten im Schrank standen verschiedenfarbige Lederschuhe. Ebenfalls sehr teuer. Was machte Herr Bruni beruflich, dass er sich diese Ausstattung leisten konnte? Das galt es herauszufinden.

Als Helena eine Schublade herauszog, pfiff sie durch die Zähne. Eine gut gefüllte Uhrenbox aus Kirschholz mit Glasdeckel befand sich darin. Mindestens zehn verschiedene Uhren waren ordentlich darin verstaut. Einige Marken kannte Helena: Rolex, Breitling, Hublot. Andere wiederum sagten ihr nichts, aber Helena bezweifelte nicht, dass sie ebenso teuer waren. Sie machte ein Foto mit ihrem Handy, bevor sie die Schublade wieder zuschob.

Das größte Zimmer der Wohnung war eindeutig das Wohnzimmer, das über eine angrenzende große Terrasse mit atemberaubender Aussicht über den nahe gelegenen Park verfügte. Eine weiße Ledercouch stand einem riesigen Flachbildfernseher gegenüber, der an der Wand angebracht war. Auf der Türseite stand eine exklusive Esstischgruppe. Alles war tadellos sauber. Im Wohnzimmerschrank verbarg sich eine eingebaute Bar, in der Helena jede Menge Alkohol nebst passenden Gläsern vorfand. Ein Humidor befand sich ebenfalls darin, in dem sich dicke Cohibas wohlfühlten. Ein paar Bücher standen im Regal, vor allem Reiselektüre, ansonsten ein paar italienische Romane.

Das letzte Zimmer war die Küche. Eine moderne Einbauküche, die völlig unbenutzt wirkte, was aber angesichts der häufigen Besuche ihres Besitzers im Restaurant durchaus im Bereich des Möglichen war. Eine große Espressomaschine mit glänzendem Siebträger und verglasten Seiten stand auf der Anrichte. Helena arbeitet sich akribisch durch sämtliche Schubladen und öffnete auch alle Türen, in denen sie neben Geschirr auch Pfannen und Töpfe vorfand. In einer großen Schublade fand sie auch ein paar wenige Lebensmittel.

Helena setzte sich an den kleinen Küchentisch, der mit einer weißen Tischdecke bedeckt war und versuchte, ihre Gedanken zu ordnen. Schließlich kramte sie in ihrer Tasche nach dem Notizblock, um sich ein paar Aufzeichnungen zu machen. Als sie den Block endlich herauszog, fiel ihr Stift auf den Boden. Er rollte weit unter den Tisch und lag fast unter dem Heizkörper. Helena versuchte, mit dem Fuß ranzukommen, musste den Versuch aber bald darauf abbrechen, da sie Gefahr lief, das Schreibgerät noch weiter unter den Heizkörper zu schieben. Seufzend krabbelte Helena unter den Tisch und fischte nach ihm.

Als sie ihn endlich geschnappt hatte, krabbelte sie rückwärts wieder unter dem Tisch hervor. Rumms! Helena hielt stöhnend den schmerzenden Kopf. Sie hatte sich verschätzt und war zu früh wieder aufgetaucht. Nun saß sie auf dem Boden, rieb sich den Brummschädel und fluchte über ihr Missgeschick. Zu allem Überfluss war ihr der Stift bei der Aktion wieder aus der Hand gefallen, lag jedoch zum Glück ganz in der Nähe. Sie streckte sich vorsichtig und behielt diesmal die Tischplatte im Blick, um sich nicht selbst eine Gehirnerschütterung zu verpassen. Da war der Ausreißer.

Fest umklammerte ihn Helena und zog vorsichtig ihren Kopf zurück. Sie wollte schon wieder auftauchen, als sie stutzte. Was war denn das? Unter dem Tisch schien etwas zu kleben. Leider war es zu dunkel, als dass sie etwas hätte erkennen können. Also zog sie ihre Handtasche, die in ihrer Nähe auf dem Boden stand, an sich heran und holte ihr Handy heraus. Umständlich schaltete sie die Taschenlampenfunktion ein und ging erneut auf Tauchstation. Tatsächlich! Unter dem Küchentisch klebte etwas! Helenas Herz klopfte vor Aufregung bis zum Hals. Sie beleuchtete die Stelle und sah viel Klebeband. Vorsichtig löste sie es mit spitzen Fingern. Ein handgroßer, durchsichtiger Beutel fiel auf den Boden. Sie hob ihn auf und kroch diesmal vorsichtiger unter dem Tisch hervor. Atemlos ließ sie sich wieder auf dem Stuhl nieder und legte den Beutel vor sich auf den Tisch. Bingo! Um was es sich bei dem weißen Pulver, das sich darin befand, genau handelte, konnte Helena so natürlich nicht sagen, aber dass man keine legalen Substanzen auf diese Art aufbewahrte, lag auf der Hand.

Ein schneller Blick auf ihre Armbanduhr schreckte Helena auf. Es war schon zwölf Uhr durch. Wenn sie noch mit Herrn Meier vor seinem wichtigen Telefonat mit dem Polizeipräsidenten sprechen wollte, musste sie sich beeilen. Sie sprang auf, holte einen durchsichtigen Beutel aus ihrer Handtasche und ließ ihr Fundstück hineingleiten. Dann machte sie sich auf den Weg zurück ins Präsidium.

Um Viertel vor eins stand Helena völlig außer Atem vor dem Büro ihres Chefs. Seine Sekretärin winkte sie durch. Auch sie wirkte heute deutlich angespannter als sonst. Zaghaft klopfte Helena an der Tür, die in Herrn Meiers Büro führte.

„Herein!"

Sie streckte den Kopf durch die Tür.

„Ah, Frau Hansen, endlich! Ich habe schon gedacht, Sie kämen gar nicht mehr", brummte ihr Chef, während er sie über seine Lesebrille hinweg musterte. „Bitte setzen Sie sich."

Helena nahm vor dem großen Schreibtisch Platz und schöpfte Atem. Herr Meier sah sie erwartungsvoll an.

„Und?", fragte er schließlich. „Was können Sie mir berichten?"

Mit schnellen Worten erzählte ihm Helena von ihrem Besuch in der Wohnung des Opfers. Sie nahm den durchsichtigen Beutel in der Schutzhülle aus ihrer Tasche und legte ihn vorsichtig auf den Schreibtisch ihres Chefs.

Nachdenklich nahm er den Beutel auf. „Wir müssen natürlich erst die Laboranalyse abwarten, aber ich stimme mit Ihnen überein, dass es sich wohl kaum um eine legale Substanz handeln wird." Er reichte das Beweismittel an Helena zurück. „Bitte geben Sie das gleich ins Labor und machen Sie denen gefälligst Feuer unterm Hintern. Ich will heute noch wissen, um was es sich bei der Substanz handelt."

Das Telefon im Vorraum klingelte. „Guten Tag, Herr Polizeipräsident", hörten sie die Stimme der Sekretärin. „Natürlich, ich stelle Sie sofort durch."

Helena erhob sich, als der Apparat in Herrn Meiers Büro klingelte. Sie nickte ihrem Chef zu und beeilte sich das Büro zu verlassen.

Nachdem sie das Beweismittel mit einer Bitte um Dringlichkeit versehen an das Labor hatte schicken lassen, ging sie zurück in ihr Büro.

Franzi empfing ihre Kollegin aufgeregt. „Mir ham tolle Neuigkeiten! Tonis Kollegen isch es gelungen, die wahre Identität von Salvatore Bernardi, uns'rem Plärreropfer, rauszufinden." Sie strahlte triumphierend.

Helena freute sich. Endlich ein Ermittlungserfolg! „Nun sag schon", forderte sie Franzi auf, ihren Bericht fortzusetzen.

„Des glaubsch du nie! So was ham mer hier no nie g'habt."

Helena rollte mit den Augen. Sie kannte Franzis Angewohnheit, große Ankündigungen in die Länge zu ziehen, zur Genüge.

„Also, bisch bereit?"

Helena nickte. Der italienische Kommissar, der sich über das Gespräch köstlich zu amüsieren schien, zwinkerte ihr zu.

„Bei unsrem Mordopfer handelt es sich um ...", eine dramatische Pause folgte, „einen gewissen Alessandro Mariani."

Erwartungsvoll sah Franzi Helena an. Die war verwirrt. Sollte sie den Namen etwa kennen? Franzi war offenbar etwas enttäuscht über die mangelnde Reaktion ihrer Kollegin.

„Alessandro Mariani war jahrelang Auftragskiller für die 'Ndrangheta."

„Die kalabrische Mafia?!", entfuhr es Helena entsetzt.

„Genau die", bestätigte Franzi zufrieden.

„Und was macht ein Mafioso wie der Mariani dann in Augsburg?", fragte Helena verwirrt.

Ihr italienischer Kollege schaltete sich ein. „Das kann ich vielleicht erklären. Es ist nicht ungewöhnlich, wenn sich Auftragskiller nach einer gewissen Zeit zur Ruhe setzen", erklärte er. „Dabei verlassen sie gewöhnlich ihre nähere Umgebung und nehmen eine andere

Identität an. So können sie als normale Familienväter ein neues Leben anfangen. Dass er in Italien wegen zigfachen Mordes gesucht wurde, muss ich wohl nicht extra betonen."

Helena wunderte sich nicht schlecht. Ein Auftragsmörder im Ruhestand … Das war ja mal ganz was Neues!

„Und wieso wurde er ermordet?", hakte Helena nach.

Franzi seufzte. „Du mußsch au immer was zum Meckern ham", sagte sie augenzwinkernd. „Des wiss mer leider no net. Aber immerhin wiss mer jetzt, mit wem mir's zu tun haben."

Helena freute sich aufrichtig für ihre Partnerin. Endlich ging mal etwas voran.

„Ich hab auch etwas herausgefunden", fing sie zu erzählen an und berichtete Franzi und Antonio von ihrem Fund in der Wohnung des letzten Opfers.

Zufrieden kreuzte Franzi die Arme vor der Brust. „Jetzt geht was! Langsam, aber sicher komm mer voran!"

„Die Drogen, falls sie denn welche sind, erklären vielleicht den extravaganten Lebenswandeln des Opfers", sagte Antonio nachdenklich.

Helena nickte. „Daran habe ich auch schon gedacht. Zumal sich keinerlei Hinweise finden, was Paolo Bruni beruflich gemacht hat. Keine Aktenordner, nichts."

„Wart mer einfach mal ab, was die Laboranalyse ergibt", schlug Franzi vor.

„So machen wir's", bestätigte Helena. „Viel anderes bleibt im Mordfall Bruni erst mal nicht zu tun. Immerhin haben wir keinerlei Anhaltspunkte über seine Kontakte, mögliche Arbeitgeber, gar nichts. Der einzige Bekannte ist der Pizzeria-Besitzer, dessen Informationen aber auch eher vage waren. Ich werde gleich noch mal hinfahren und ihn befragen."

Franzi nickte. „Gute Idee! Und mir gehn daweil die Unterlagen über Alessandro Mariani durch, die uns die italienischen Kollegen gefaxt haben." Sie deutete auf einen Stapel Unterlagen auf ihrem Schreibtisch. „Und der Toni hilft mer beim Übersetzen, ge?" Sie strahlte den Kollegen an.

„Sehr gerne", antwortete der charmant.

Helena schmunzelte. Bahnte sich da etwa was an? Sie würde es sich für ihre Freundin wünschen. Immerhin hatte diese, seit sie sie kannte, keine feste Beziehung gehabt.

Helena erhob sich. „Soll ich euch etwas zu essen mitbringen, wenn ich schon in ein Restaurant fahre?"

Franzi sah Antonio fragend an. „Was meinsch du?"

Der schüttelte den Kopf. „Nichts für ungut, aber wenn ich nur ein paar Tage in Deutschland bin, möchte ich lieber was essen, was typisch für diese Region ist."

„Mei, des isch kein Problem, Toni. Des krieg mer hin. Magsch du vielleicht a Leberkässemmel?"

Helena schmunzelte, als sie das Büro verließ. Antonios Antwort bekam sie nicht mehr mit, trotzdem war sie sich sicher, dass Franzi sich gut um ihn kümmern würde.

Als Helena nach kurzer Fahrt vor der Pizzeria in Pfersee ankam, sah sie, dass die Spuren des Vorabends akribisch gereinigt worden waren. Wären da nicht Dutzende Kerzen gestanden, an der Stelle, an der die Leiche lag, hätte nichts auf den Mord hingedeutet.

„Guten Tag, Frau Kommissarin", begrüßte Raffaele Rossi Helena höflich. Er stand am Eingang seines Restaurants, um Gäste in Empfang zu nehmen. „Wünschen Sie zu speisen?"

Helena überlegte kurz. „Wissen Sie, was? Ich glaube, ich werde eine Kleinigkeit essen."

Er führte Helena zu einem kleinen Tisch in dem überaus gut besuchten Restaurant direkt am Fenster, von dem aus sie das Kerzenmeer auf dem Parkplatz sehen konnte. Er legte ihr eine Speisekarte hin.

„Herr Rossi, ich hätte noch einige Fragen an Sie. Können Sie vielleicht ein paar Minuten Ihrer Zeit für mich erübrigen?", fragte Helena, bevor sie die Speisekarte durchsah.

„Aber sicher. Lassen Sie mich kurz Ihre Bestellung aufnehmen, dann komme ich sofort zu Ihnen zurück und stelle mich für Fragen zur Verfügung."

Helena nickte und bestellte eine Minestrone und einen kleinen gemischten Salat nebst einer großen Apfelschorle. Darauf hatte sie jetzt Lust, zumal sie zu Hause die Gemüsesuppe eher selten machte, da Gemüseputzen nicht gerade zu ihren Lieblingsbeschäftigungen zählte.

Herr Rossi verschwand und kam wenig später mit dem Getränk wieder. Er hatte dafür gesorgt, dass jemand anderes seinen Posten am Eingang übernommen hatte.

„Bitte sehr, Frau Kommissarin“, sagte er und stellte das Getränk vor Helena ab. Anschließend setzte er sich ihr gegenüber. „Was kann ich für Sie tun?“

Helena zog ihr Notizbuch aus der Tasche, um das Gespräch protokollieren zu können. Sie deutete auf die Kerzen vor dem Fenster.

„Die Anteilnahme der Menschen scheint ja riesengroß zu sein“, sagte sie.

Herr Bruni nickte. „Kein Wunder, bei der Berichterstattung. Als ich heute Morgen hier ankam, stand bereits alles voller Kerzen. Wir mussten sie an die Seite räumen, weil sonst niemand mehr den Parkplatz hätte benutzen können.“

Helena nickte. Kaum war die Presse involviert, kamen die Leute herbeigeströmt. Vor dem Restaurant von Herrn Zeitlhammer waren auch viele Kerzen und Blumen abgestellt worden. Immerhin war der Mann ja eine lokale Größe gewesen. Beim Plärrermord allerdings, hatte sie von so etwas nichts gehört.

„Sagen Sie, ist mittags immer so viel los bei Ihnen?“

„Na ja, heute ist schon besonders viel los“, gab Herr Rossi zu. „Viele sind gekommen, weil sie neugierig auf den Ort des Geschehens sind, denke ich. Wir werden ununterbrochen mit Fragen gelöchert, was sich gestern abgespielt hat.“ Er sah kurz auf. „Natürlich sind meine Mitarbeiter und ich äußerst diskret.“

Helena nickte. „Gut, das freut mich. Ich hätte noch ein paar Fragen zum Opfer, wenn es Ihnen recht ist.“

„Natürlich, wenn ich Ihnen weiterhelfen kann.“

Eine junge Kellnerin kam mit einem Tablett auf dem zwei Teller dampfender Suppe und zwei kleine Salatschüsseln standen. Sie stellte die Speisen vor Helena und Herrn Rossi ab.

„Ich habe auch noch nicht gegessen", sagte der Restaurantbesitzer, als er Helenas fragenden Blick bemerkte. „Ich hoffe, Sie haben nichts dagegen."

„Natürlich nicht. Guten Appetit."

Helena tauchte den Löffel in die heiße Suppe, die einen verheißungsvollen Duft verströmte und freute sich über die vielen Gemüsestücke, die in der Suppe schwammen. Vorsichtig führte sie den Löffel zum Mund und nippte an der heißen Brühe. Köstlich, aber wirklich sehr heiß. Sie rührte vorsichtig in der Suppe, damit sie etwas abkühlte.

„Hatte außer Ihnen jemand aus dem Restaurant Kontakt mit Herrn Bruni?", brachte Helena das Gespräch zurück auf das eigentliche Thema.

Herr Rossi verneinte.

„Soweit ich weiß, hatte niemand außer mir näheren Kontakt zu Herrn Bruni. Nachdem wir uns bereits bei seinem ersten Besuch länger unterhalten haben, hat sich das einfach so ergeben." Er zuckte mit den Schultern.

„Und Sie wissen wirklich nichts über die privaten Lebensumstände des Opfers?"

„Leider nicht. Hin und wieder erzählte er ein wenig über seine Familie in Napoli. Zum Beispiel liebte er unser neapolitanisches Dessert, die Babà napoletano, das unser Koch, der ebenfalls aus der Gegend um Napoli stammt, gerne zubereitet. Signore Bruni meinte, es erinnere ihn an seine Kindheit, weil seine Nonna dieses Gericht immer für ihn gebacken habe.“

„Hat er jemals etwas von Frau oder Kindern erwähnt?“, wollte Helena wissen.

„Nein, scusi, leider nicht.“

Die Suppe war inzwischen ausreichend heruntergekühlt. Helena aß mit Genuss. „Ihre Minestrone ist wirklich vorzüglich“, lobte sie den Restaurantbesitzer.

„Grazie, sehr nett von Ihnen. Ich bin auch ein Fan von Suppen. Gerade mittags esse ich so etwas gern.“

Helena hatte inzwischen die letzten Reste ausgelöffelt und machte sich über den Salat her. Das Balsamico-Dressing passte wirklich gut zu den grünen Blattsalaten.

„Hat Herr Bruni nie über seinen Beruf gesprochen?“

„Nein, hat er nicht. Ich hab ihn einmal darauf angesprochen, habe an seiner Reaktion aber schnell gemerkt, dass er das Thema nicht vertiefen wollte.“

„Wieso? Was hat er denn gesagt?“, fragte Helena neugierig.

„Er meinte, es sei doch so ein schöner Abend, da wolle er sich die Laune nicht verderben, indem er über die Arbeit nachdenkt.“

Mist! Wieder eine Sackgasse! Helena dachte scharf nach. Sie beschloss, einen Schritt weiter zu gehen. „Sagen Sie, Herr Rossi, haben Sie schon mal mit Drogen zu tun gehabt?“

Der Italiener verschluckte sich an seinem Espresso, den er sich nach dem Essen hatte kommen lassen. Es dauerte eine Weile, bis er so weit war, dass er antworten konnte.

„Wie kommen Sie denn darauf?", fragte er ehrlich empört. „Ich habe noch niemals in meinem Leben mit Drogen zu tun gehabt!"

Beschwichtigend hob Helena die Hände. „Reine Routinefrage, Herr Rossi, nicht böse gemeint."

Langsam beruhigte er sich wieder. „Hat ihre Frage etwas mit dem Mord von gestern Abend zu tun?", kombinierte Herr Rossi haarscharf.

„Sie werden verstehen, wenn ich Ihnen nichts über laufende Ermittlungen sagen darf", wehrte Helena ab. Sie rief die Kellnerin und bat um die Rechnung.

„Sie sind natürlich mein Gast", sagte Herr Rossi sogleich.

„Vielen Dank, das ist sehr nett von Ihnen, aber ich möchte lieber bezahlen, damit alles seine Ordnung hat", sagte Helena.

Herr Rossi zuckte mit den Schultern und lehnte sich zurück, während Helena ihre Rechnung beglich.

„Kann ich noch etwas für Sie tun?", fragte er, als sie fertig war.

„Nein, vielen Dank, erst mal nicht. Wenn ich weitere Fragen habe, komme ich einfach auf Sie zu." Sie erhob sich und Herr Rossi tat es ihr gleich.

„Aus Wiedersehen, Herr Rossi." Sie schüttelte seine Hand.

„Arrivederci, Frau Kommissarin."

Als Helena das Lokal verließ, trafen weitere Personen auf dem Parkplatz ein, die Kerzen in der Hand hielten. Die Sache mit dem Mord war wirklich in aller Munde.

Zurück im Büro brüteten Franzi und Antonio über den Akten. Fragend sah die Augsburger Kommissarin ihre Kollegin an.

„Und?"

„Leider Fehlanzeige. Herr Rossi konnte mir nicht wirklich weiterhelfen. Wie läuft's bei euch?"

Franzi seufzte. „Wirklich unglaublich, wie viele Morde unser Plärreropfer auf'm Gewissen hatte. So was sieht man dene einfach net an."

Helena setzte sich an ihren Schreibtisch. „Ich hab zwar mal was über die 'Ndrangheta gelesen, aber richtig viel weiß ich leider nicht", gab sie zu.

„Da kann ich weiterhelfen", sagte Antonio. „Die 'Ndrangheta stammt ursprünglich aus Kalabrien. Im europäischen Kokainhandel stellt sie eine der bedeutendsten, wenn nicht die bedeutendste Gruppen dar, da sie unter anderem mit den südamerikanischen Kartellen kooperiert. Auch Erpressungen, Geldwäsche und Waffenhandel sind Betätigungsfelder dieser Mafia-Organisation."

Helena nickte nachdenklich. „Jetzt erinnere ich mich auch wieder, wo ich von dieser Organisation gelesen habe. Im Zusammenhang mit den Duisburger Mafiamorden, die im Jahr 2007 stattgefunden haben. Damals sind vier oder fünf Italiener ermordet worden, wenn ich mich recht erinnere."

„Sechs", korrigierte Antonio. „Es ging damals wohl darum, dass die Mafia-Bosse eine Abspaltung einer Gruppierung innerhalb der Organisation verhindern wollten."

„Stimmt", pflichtete Helena ihm bei. „Genau darum ging es in dem Artikel."

„Die 'Ndrangheta ist sehr hierarchisch aufgebaut. Wir wissen, dass sie auch in Deutschland außerordentlich gut organisiert ist“, berichtete Antonio.

„Bis jetzt ham mer hier in Augschburg no nie mit dene zu tun g'habt“, warf Franzi ein.

„Das stimmt. Bis jetzt hatten auch wir keine Berichte über Tätigkeit der 'Ndrangheta in Augsburg. Aber wenn man es genau nimmt, war Herr Mariani hier wohl eher im Ruhestand. Sonst hätte seine Familie nicht auch hier gewohnt.“

„Wer konnte als Grund gehabt haben, Herrn Mariani aus dem Weg zu räumen?“, überlegte Helena laut.

„Da könnte es viele Gründe geben“, antwortete Antonio. „Vielleicht ist etwas mit ihm und dem Familienclan vorgefallen. Es ist nicht unüblich, sich Probleme auf diese Weise vom Hals zu schaffen. Es könnte aber durchaus auch ein anderer Clan für den Mord verantwortlich sein.“

„Ein anderer Clan!“, rief Franzi entsetzt. „Hier in Augschburg!“

„Na ja, so genau wissen wir das ja noch nicht“, versuchte Antonio, sie zu beschwichtigen.

„Des wird ja immer schlimmer!“, fand die Augsburgerin.

„Sieh es als Fortschritt in den Ermittlungen“, sagte Helena tröstend. „Hast du Herrn Meier eigentlich schon berichtet, was ihr herausgefunden habt?“

„Nein, no net. I geh glei mal nüber zu ihm. Der wird Augen machen!“ Franzi stand auf und ging zur Tür.

„Soll ich mitkommen?“, bot Antonio an.

„Des wär toll! Danke, Toni!“, freute sich Franzi. „Wenn der Chef Fragen zur Mafia hat, kannsch du des doch viel besser beantworten als wie i." Sie wandte sich um. „Bis glei, Lena."

„Bis gleich."

Als die Tür hinter den beiden ins Schloss fiel, lehnte sich Helena in ihrem Bürostuhl zurück. Endlich tat sich mal was in den Ermittlungen! Antonio hatte richtig interessante Dinge vom Kokainhandel der Mafia berichtet. Und erst heute hatte sie ein verdächtiges weißes Pulver in der Wohnung von Paolo Bruni gefunden. Gab es da einen Zusammenhang? Beweise gab es noch nicht und die Tatsache, dass das Opfer ebenfalls Italiener war, sagte natürlich nichts darüber aus, ob ein Zusammenhang zur Mafia bestand. Dann war da noch der Mord an Herrn Zeitlhammer. Auch hier war Kokain im Spiel gewesen. Aber welche Verbindungen sollte ein Gastwirt mit der Mafia haben?

Fragen über Fragen. Jetzt galt es, Antworten zu finden.

Der Nachmittag verlief eintönig. Jeder arbeitete an seinem Computer und nur selten richtete einer das Wort an den anderen.

„Bingo!", rief Antonio plötzlich laut. Die Kommissarinnen schreckten hoch. Triumphierend zeigte er auf seinen Bildschirm. „Endlich ist die Überprüfung der Papiere von Paolo Bruni abgeschlossen."

Helena sprang auf und stellte sich hinter Antonio, damit sie einen Blick auf den Bildschirm werfen konnte. „Und?", fragte sie neugierig.

„Die Papiere sind ebenfalls gefälscht", erwiderte Antonio. „Es gibt keinen Paolo Bruni mit dem Geburtsdatum und dem Geburtsort."

„Genau wie beim Plärreropfer!“, sagte Franzi aufgeregt.

„Richtig“, nickte Antonio.

„Heißt das, wir haben es hier ebenfalls mit einem Mitglied der ’Ndrangheta zu tun?“, fragte Helena.

„Möglich, muss aber nicht sein. Es kann sich auch um einen ganz gewöhnlichen Verbrecher handeln, der seine Identität gewechselt hat. Wir müssen uns noch etwas gedulden. Vielleicht bekommen die Kollegen in Italia die wahre Identität von Paolo Bruni heraus. Leider ist heute Samstag und die Abteilungen sind dementsprechend dünn besetzt“, sagte er bedauernd. „Wir werden vermutlich erst am Montag Näheres erfahren.“

Franzi gähnte lautstark und streckte sich ausgiebig.

„Mensch, i bin vielleicht erledigt! Geht’s euch au so?“

Helena bejahte. Ihr Nacken war schon ganz verspannt von dem langen Sitzen vor dem Computer. Auch Antonio wirkte, als könnte er eine Pause gut gebrauchen.

„I hab ne Idee! Wie wär’s denn, wenn mir alle drei no in die Stadt zum Essen gehen? Der Toni wollt sich eh no die Stadt anschaun.“

„Gute Idee“, freute sich Helena. „Dann muss ich heute nicht mehr kochen.“

„Prima, i muss kurz nomml heim und den Waschtl füttern. Nimmsch du den Toni vielleicht scho mal mit in die Stadt und mir treffen uns dann in ner guten halben Stunde am Rathausplatz?“, bat Franzi.

Helena sah Antonio fragend an. „Passt das für dich?“

„Aber sicher! Ich freue mich auf den Abend in der netten Gesellschaft“, antwortete der Italiener lächelnd.

Franzi schnappte sich ihren Fahrradhelm vom Garderobenständer und nahm Tonis kleine braune Tasche auf.

„I nehm dei Zeug glei mit, Toni. Dann bis glei! I braus scho mal los!"

„Bis gleich, Franzi!"

9.

Helena parkte ihr Auto in einer Parkgarage mitten in der Innenstadt. Es war verhältnismäßig viel los, da heute Abend an mehreren verschiedenen Stellen Konzerte in der Innenstadt stattfanden. Vergnügte Menschen pilgerten von einem Event zum nächsten. Erfreut stellte Helena beim Blick auf ein Werbeplakat fest, dass auch der Stadtmarkt noch aufhatte, obwohl er sonst jeden Samstag um 14 Uhr seine eisernen Pforten schloss. Der Stadtmarkt lag direkt neben der Parkgarage und sie konnten auf dem Weg zum Rathausplatz kurz durchlaufen. Und ganz nebenbei würde sie vielleicht endlich Nick wiedersehen. Aber wollte sie das überhaupt? Helena hatte keine Ahnung, wie sie reagieren würde, wenn sie Nick wieder gegenüberstand. Wenn sie ehrlich war, hatte sie sogar ziemliche Angst davor ...

Kaum hatten sie die Tiefgarage verlassen, stand Antonio staunend vor einem wunderschönen Renaissancebau, der esseunverkennbar die Handschrift des Augsburger Stadtbaumeisters Elias Holl trug. Helena war stolz, dass sie Antonio ein wenig über die Geschichte des Gebäudes sagen konnte. Franzi hatte ihr davon erzählt. In dem großzügigen Haus aus dem 16. Jahrhundert war früher eines der ältesten Gymnasien Schwabens untergebracht gewesen und als der Platz dafür zu eng wurde, war das Gymnasium umgezogen und der Prachtbau wurde seither für Veranstaltungen und Seminare genutzt. Direkt neben dem Gebäude war ein beliebtes Café untergebracht und auch heute saßen trotz des schon kühlen Herbstabends noch Menschen draußen. Gegen die Kälte behalfen sie sich mit Decken und warmen Getränken. Auf dem Podest vor dem Kaffee baute eine Band gerade ihre Instrumente auf.

„Schön ist es hier", sagte Antonio anerkennend.

„Finde ich auch", entgegnete Helena aufrichtig. „Ich habe mich hier schnell heimisch gefühlt."

„Ah, stimmt ja. Du bist ursprünglich nicht aus Augsburg! Franzi hat kurz darüber gesprochen."

„Richtig, ich bin aus Hamburg. Am Anfang war das eine ganz schöne Umstellung, sage ich dir. Allein der Dialekt ist mehr als gewöhnungsbedürftig."

Antonio lachte herzhaft. „Das stimmt! Verrat es Franzi nicht, aber ich verstehe manchmal wirklich nicht, was sie sagt."

„Alles andere hätte mich auch gewundert." Helena fiel in sein Lachen mit ein. „Mir geht es hin und wieder immer noch so, dass ich nur Bahnhof verstehe."

„Dann bin ich wenigstens nicht der Einzige, der sich so anstellt!" Antonio zwinkerte ihr zu.

„Was heißt hier anstellt?", gab Helena sich empört. „Der Dialekt hat's wirklich in sich! Man könnte meinen, die Augsburger sind – wie würde Franzi es ausdrücken?", sie überlegte kurz, „ah ja, genau – net ganz bacha!"

Antonio runzelte die Stirn. „Und das heißt ...?"

Helena lachte. „Siehst du, genau das hab ich sie auch gefragt. Das bedeutet wohl so was wie: nicht ganz normal."

Antonio schüttelte den Kopf. „Noch nie gehört", sagte er grinsend.

„Siehst du? Wieder was gelernt. Aber sag um Himmels willen nichts zu Franzi wegen dem Dialekt. Auf ihre Heimatstadt lässt sie nichts kommen!"

„Danke für den Tipp", schmunzelte Antonio. „Mit meiner Gastgeberin möchte ich's mir nämlich nicht verscherzen."

Inzwischen hatten sie den kleinen Durchgang zum Stadtmarkt erreicht. Laute Blasmusik dröhnte ihnen entgegen.

Auf dem hinteren Platz des Marktes, wo am Wochenende Bauern aus der Umgebung ihre Waren anboten, war eine kleine Bühne errichtet worden, auf der eine Musikkapelle in Dirndl und Lederhosen bayerische Lieder zum Besten gab. An langen Reihen Bierbänken saßen gut gelaunte Menschen und labten sich an Bratwurstsemmeln und Bierkrügen. Trotz der sehr lauten Musik schienen sie sich gut zu unterhalten.

Helenas Handy brummte. Sie holte es aus der Tasche und warf einen Blick darauf.

„Franzi kommt etwas später", berichtete sie Antonio. „Waschtl hat sich wohl überfressen und jetzt muss sie die Bescherung wegmachen." Sie verdrehte die Augen.

„Waschtl?", fragte Antonio.

„Franzis Hund", erklärte Helena seufzend.

„Höre ich da etwa Ressentiments gegen das liebe Haustier?", neckte Antonio sie.

„Haustier ist gut“, grinste Helena. „So groß wie der ist, gehört der eher in den Augsburger Zoo.“

Antonio lachte. „Also mir gefallen Hunde. Je größer, desto besser.“

„Na, dann wird dir Waschtl sicher gefallen!“

Antonio sah sich um. „Oh, da drüben gibt’s aber schöne Blumen“, sagte er. „Können wir da mal hingehen? Ich würde Franzi gern eine kleine Aufmerksamkeit zukommen lassen, weil ich doch bei ihr wohnen darf.“

„Da wird sie sich freuen“, war sich Helena sicher und überquerte gemeinsam mit Antonio den Festplatz.

Eine große Auswahl frisch gebundener Blumensträuße erwartete sie. Sorgsam sah Antonio sich um und bewies bei seiner Wahl großen Geschmack. Er entschied sich für einen Strauß in herbstlichen Farben, in dem unterschiedlichste Blumen verarbeitet waren. In der Mitte steckte eine wunderschöne Lilie. Nachdem er bezahlt hatte, schlenderten sie weiter durch die engen Gassen des Stadtmarktes.

Helena wurde immer aufgeregter, je mehr sie sich Nicks Laden näherten. Würde er da sein? Nicht alle Läden auf dem Stadtmarkt waren heute Abend offen … Sie hatten sich seit einigen Tagen nicht mehr gesehen. Wie würde er auf ihr Zusammentreffen reagieren? Oder sollte sie vielleicht lieber einen anderen Weg wählen, um ein solches zu vermeiden?

Auf einmal packte Antonio sie am Arm und zog sie in eine Seitengasse. Empört fuhr Helena ihn an. „He! Was soll denn das?“ Sie rieb sich die schmerzende Stelle. Antonio legte eine Hand auf seine Lippen und spähte vorsichtig um die Ecke.

„Was ist denn los?“, zischte Helena.

„Ich glaube, ich hab jemanden gesehen“, flüsterte Antonio.

Nun linste auch Helena vorsichtig um die Ecke. „Wen willst du denn gesehen haben?“, fragte sie verblüfft.

Antonio sah sich sorgfältig um, dann winkte er ab und seufzte. „Wahrscheinlich ein Hirngespinst“, sagte er achselzuckend und trat wieder auf die belebte Gasse. „In unserem Beruf bekommt man schon manchmal Verfolgungswahn, nicht wahr?“

Helena musste ihm leider recht geben. Bei den Dingen, die sie manchmal aufgrund ihrer Arbeit sehen mussten, war es kein Wunder, wenn man sich mal vertat.

Sie bummelten weiter und bestaunten die bunte Auslage der Geschäfte.

„Ihr habt ja fast so schönes Obst wie bei mir zu Hause“, fand Antonio.

„Schön ist es, ja“, stimmte Helena zu, „aber auch sehr teuer. Am liebsten kaufe ich Samstag Vormittag hinten bei den Bauern ein. Die haben regionale Ware und sind viel billiger.“ Bedauernd hob sie die Augenbrauen. „Heute wurde daraus ja leider nichts ...“

„Kommt es eigentlich oft vor, dass ihr am Wochenende arbeiten müsst?“, wollte Antonio neugierig wissen.

„Nein, eigentlich nicht. Nur bei ganz dringenden Fällen“, antwortete Helena. „Und da der letzte Fall in ganz Deutschland für Schlagzeilen gesorgt hat, mussten wir heute natürlich ran.“ Interessiert sah sie ihn an. „Wie ist das bei euch?“

„Eigentlich genauso wie hier. Es kommt eher selten vor, dass ich am Wochenende ins Präsidium muss, aber wenn, finde ich es auch nicht so schlimm. Immerhin habe ich keine Familie, die zu Hause auf mich wartet."

Interessant, dachte Helena. *Ob Franzi das schon weiß?*

Inzwischen hatten sie Nicks Laden beinahe erreicht. Helenas Herz schlug immer fester. Natürlich konnte sie einfach an seinem Laden vorbeispazieren, um eine Begegnung zu vermeiden. Aber was, wenn er ausgerechnet in dem Augenblick, in dem sie an der Seite eines attraktiven Mannes vorbeiflanierte, nach draußen sah? Eine böse Stimme sagte ihr, dass ihm das genau recht geschähe, immerhin hatte sie ihn vor nicht allzu langer Zeit mit einer Unbekannten gesehen. Nein, sagte Helena sich. So war sie nicht. Wenn sie etwas hasste, dann war es falsches Spiel. Geradlinigkeit und Ehrlichkeit waren ihr sehr wichtig und genauso wollte sie sich verhalten. Außerdem vermisste sie Nick aufrichtig und sehnte sich danach, ihn endlich wiederzusehen.

Unbewusst lief sie langsamer, je näher sie dem Laden kamen.

Antonio sah sie fragend an: „Ist etwas?"

„Da vorne ist der Laden meines Freundes", erklärte Helena zögernd.

„Na, das ist doch wunderbar. Dann kannst du ihm gleich Hallo sagen."

„Ganz so einfach ist das leider nicht", gestand Helena. „Wir hatten in letzter Zeit Streit und ich weiß nicht so recht, ob er sich freut, mich zu sehen."

„Es gibt nur einen Weg das herauszufinden", sagte Antonio ernst. „Wenn man jemanden liebt, geht man immer ein Risiko ein. Man trägt große Verantwortung für den anderen Menschen, aber auch für sein eigenes Verhalten diesem Menschen gegenüber. Das Leben hält naturgemäß nicht nur Sonnenschein für uns bereit. Hin und wieder ziehen Wolken am Horizont auf, doch ob sich diese Wolken zu einem Sturm entwickeln, hat jeder selbst in der Hand. Es gibt Leute, die aufgrund dessen jedwedes Risiko scheuen. Ich bin der festen Überzeugung, dass sie deshalb nicht glücklicher sind. Im Gegenteil, nur wenn man das Risiko eingeht und sich von seiner verletzlichen Seite zeigt, findet man am Ende seinen Seelenverwandten, mit dem man durch dick und dünn gehen kann."

Helena nickte ergriffen. So hatte sie das Ganze noch gar nicht gesehen. Sie fragte sich, woher Antonio diese Weisheit hatte. Ob er selbst eine unglückliche Liebe hinter sich lassen musste?

Der Laden war nun fast erreicht. Licht schien durch das neue Schaufenster und beleuchtete die Auslage, die noch draußen stand. Er war also wirklich da. Helena blieb stehen und atmete tief durch. Antonio war bereits weitergegangen und warf einen neugierigen Blick in den Laden. Plötzlich drehte er sich um und Helena konnte an seinem Gesichtsausdruck sofort erkennen, dass etwas nicht stimmte.

„Da ist er wieder", zischte er ihr zu und zog sie mit sich hinter einen hohen Ständer mit Postkarten.

„Wer?", fragte Helena erstaunt.

„Der Mann, den ich vorhin zu sehen meinte: Luigi Griffo."

„Luigi Griffo?", fragte Helena verwirrt.

„Ein alter Bekannter aus Italien“, klärte Antonio sie auf.

„Wenn du ihn kennst, warum verstecken wir uns dann?“ Helena verstand gar nichts mehr.

„Nicht *so* ein Bekannter!“, flüsterte Antonio.

Helena durchfuhr es eiskalt. „Du kennst ihn von der Arbeit?“

Antonio nickte und behielt den Eingang von Nicks Ladens im Blick.

„Hast du deine Dienstwaffe dabei?“, fragte er leise.

Erschrocken sah Helena ihn an. Sie hielt kurz ihre Jacke hoch, sodass er das Gürtelholster mit der Waffe sehen konnte.

Beruhigt nickte er. „Gut.“

„Nichts ist gut“, zischte Helena. „Willst du mir jetzt vielleicht mal sagen, was hier los ist? Wer ist da bei meinem Freund im Laden?“

Antonio sah sie ernst an. „Luigi Griffo steht ganz oben auf unserer Fahndungsliste“, teilte er ihr mit. „Er wird wegen räuberischer Erpressung und seiner Verwicklung in mehreren Mordfällen gesucht. Daher wäre ich dir auch sehr verbunden, wenn du mir deine Waffe leihen würdest. Immerhin kenne ich mich mit solchen Brüdern aus.“

Helena wurde blass, als sie ihre Waffe löste und sie Antonio reichte. „Mafia?“, flüsterte sie.

Antonio nickte grimmig. „Mafia.“

„Die ’Ndrangheta ist also wirklich in Augsburg aktiv!“, sagte Helena erschüttert, während sie das Holster löste und ihrem Kollegen reichte.

„Luigi Griffo stammt aus Neapel“, sagte Antonio leise. „Er gehört der Camorra an, nicht der ’Ndrangheta.“

„Der Camorra?", sagte Helena verwirrt. Davon hatte sie noch nie gehört.

„Die Camorra operierte ursprünglich von Neapel aus und war zunächst hauptsächlich in der dortigen Gegend aktiv. Doch genau wie die anderen Mafiaorganisationen breitete sie sich in der Europäischen Union aus und ist dort nun überall anzutreffen. Wir suchen Griffo schon lange, hatten aber keine Ahnung, dass er sich inzwischen in Deutschland niedergelassen hat. Kannst du Verstärkung anfordern? Wir können nicht ausschließen, dass sich noch mehr von seinen Kumpanen in der Nähe aufhalten!"

Helena nickte. Inzwischen machte sie sich größte Sorgen um Nick. Was, um Himmels willen, hatte ihr Freund mit einem gesuchten Mafioso zu tun?

Sie zog ihr Handy aus der Tasche und verständigte die Kollegen. In Kürze würden sie eintreffen.

Helena spitzelte vorsichtig um die Ecke. Sie hatte große Angst um Nick. In der Gasse vor dem Laden hielten sich nur wenige Leute auf. Die paar, die vorbeiliefen, strebten zielstrebig der Blasmusik entgegen.

Zunächst konnte sie niemanden sehen. Entschlossen trat Helena einen Schritt hinter dem Postkartenständer hervor, sodass sie den ganzen Laden einsehen konnte. Nick stand hinter dem Tresen. Seine Haut war eigentümlich fahl und seine Augen huschten unruhig umher. Er lehnte sich geradezu an die Wand hinter ihm, als wolle er den Abstand zu seinem Besucher vergrößern. Ihm gegenüber stand ein bulliger, glatzköpfiger Mann, der mindestens 1,95 m groß war. Er redete wild mit den Armen fuchtelnd auf Nick ein, der abwehrend beide Hände hob.

Plötzlich sprang der Mann nach vorne, griff Nick am Hemd und zog ihn über den Tresen. Die alte Kasse fiel scheppernd zu Boden und die kleinen Souvenirs, die Kunden zu einem Last-Minute-Kauf animieren sollten und die ebenfalls auf dem Tresen gestanden hatten, landeten in einem wilden Durcheinander daneben. Der Mann drückte Nick mit aller Kraft rückwärts gegen den Tresen und schrie ihn an. Helena brannten die Sicherungen durch. Sie musste sofort eingreifen.

Bevor Antonio sie zurückhalten konnte, machte sie einen Satz nach vorne und rannte zur Ladentür. Die Verstärkung war noch nicht eingetroffen, aber sie musste einfach handeln. Nie würde es sich Helena verzeihen, wenn Nick verletzt werden würde oder gar Schlimmeres geschah! Sie hörte noch einen lauten Fluch hinter sich, dann hatte sie die Tür bereits erreicht und riss sie auf.

„Hören Sie sofort damit auf!", schrie sie.

Der bullige Mann fuhr herum. Als er die ihn wütend anfunkelnde Frau sah, grinste er breit und Helena konnte mehrere Goldzähne sehen. Er hielt Nick immer noch wie in einem Schraubstock gefangen. Entsetzt weiteten sich Nicks Augen, als er Helena erkannte.

„Hau ab, Schlampe", schnauzte der Mann sie an. „Das ist nichts für kleine Mädchen!" Er fuchtelte mit einer Hand in ihre Richtung. Nun bemerkte Helena auch das Messer in der Hand des Italieners.

Ihre Gedanken rasten. Sollte sie ihre Waffe ziehen? Siedend heiß fiel ihr ein, dass Antonio sie hatte. Ein vorsichtiger Blick durch das Fenster zeigte ihr, dass der Kommissar, der immer noch halb verborgen stand, sie beobachtete. Er war nicht so unbesonnen wie sie vorgegangen und hatte seine Deckung beibehalten.

„Lassen Sie ihn los!", sagte Helena mit fester Stimme und deutete mit dem Kopf Richtung Nick.

„Was hast du denn mit diesem *cretino* zu schaffen?", lachte Griffo laut. Sein Dialekt war so stark, dass Helena große Mühe hatte, ihn zu verstehen. Plötzlich änderte er seine Haltung und setzte das Messer direkt an Nicks Kehle. Schweißperlen liefen über Nicks Gesicht. Mit seinem Blick fixierte er Helena und ließ sie nichts aus den Augen.

„Ganz ruhig", sagte Helena beschwichtigend. Sie hob beide Handflächen hoch und ging einen Schritt zurück. „Kein Grund, jemanden zu verletzen."

„Wen ich verletze oder nicht, geht dich einen Scheißdreck an", schnauzte der Italiener. Er ritzte Nicks Haut mit dem Messer. Blutstropfen liefen dessen Hals hinunter. Schmerzerfüllt kniff er kurz seine Augen zusammen.

„Was wollen Sie von ihm?", rief Helena panisch.

„Dieser *porco* schuldet mir eine Menge Geld", knurrte der Mann und schüttelte Nick grob. Obwohl Helenas Freund selbst groß gewachsen war, wirkte er neben dem bulligen Italiener wie eine schlaksige Gliederpuppe. „Und jetzt hau gefälligst ab!", fauchte er Helena an.

Nick versuchte, ihr mit seinen Augen zu sagen, dass sie gehen sollte. Immer wieder sah er von ihr zur Tür. Helena stand inzwischen nahe beim Eingang. Sie tastete mit der Hand hinter sich und ergriff einen kleinen, runden Gegenstand. Sie hatte zwar keine Ahnung, ob der ihr hilfreich sein würde, aber sie musste es drauf ankommen lassen.

„Ich gehe erst, wenn Sie Nick gehen lassen!", sagte sie entschlossen. Inzwischen war sie ganz ruhig. Fest sah sie Griffo in die Augen.

„*Vecchia scema*", knurrte der verächtlich und beschloss offensichtlich, sich nicht weiter von ihr stören zu lassen. Er wandte sich Nick zu: „Ich frage zum letzten Mal, *stronzo*. WO IST MEIN GELD?" Den letzten Satz brüllte er so laut, dass kleine Speichelfetzen aus seinem Mund flogen und Nick im Gesicht trafen.

„Ich ... ich ... hab das Geld nicht auftreiben können", stammelte Nick. „Wirklich! Ich hab alles versucht, aber die Einnahmen sind nicht so hoch!" Beschwörend sah er den Italiener von unten her an. „Geben Sie mir noch ein wenig Zeit, dann besorge ich Ihnen das Geld!"

„Zeit?", lachte Griffo höhnisch. „Davon hattest du mehr als genug!"

Er holte mit dem Messer weit aus, doch bevor er es nach vorne schnellen lassen konnte, traf etwas Hartes seinen Kopf und zersplitterte in tausend Stücke. Schmerzerfüllt jaulte er auf und hielt sich die Hand vor das blutende Gesicht.

„Du Schlampe! Ich mach dich fertig!", brüllte er und stürzte sich auf Helena, die von der Wucht des Aufpralls nach hinten gerissen wurde. Sie prallte gegen einen der Auslagetische und ein scharfer Schmerz nahm ihr für kurze Zeit den Atem. Sie war dem riesigen Mann von der Größe her völlig unterlegen, doch dieser Gedanke kam ihr kein einziges Mal in den Sinn. Sie war nur heilfroh, dass Griffo von Nick abgelassen hatte und sie musste hoffen, dass sich ihre Ausbildung bezahlt machte.

„Dann mach ich eben dich kalt, *puttana*!“, schrie Griffo außer sich vor Zorn. Er schlug ihr mit aller Kraft ins Gesicht. Helenas Lippe platzte auf und ihr schwanden beinahe die Sinne.

„Jetzt siehst du genauso aus wie ich“, lachte er höhnisch.

Helena schluckte. Sie sah das Messer in Griffos Hand und wusste, dass es kritisch werden würde. Er war ihrem Blick gefolgt und grinste diabolisch.

Auf einmal wurde der Mann nach hinten gerissen. Nick war ihm auf den Rücken gesprungen und hielt seinen Kopf mit beiden Armen umklammert.

„Nein!“, schrie Helena und setzte nach. Griffo taumelte zwei Schritte rückwärts und donnerte Nick einmal, zweimal gegen die Wand. Nick stöhnte und ließ los. Er fiel auf den Boden und krümmte sich vor Schmerzen.

„Du elendes Schwein!“, schrie Helena und hämmerte mit beiden Fäusten auf ihn ein.

Griffo wurde es zu bunt und er schüttelte Helena lässig ab. Bei der Rangelei hatte er sein Messer verloren, aber war wohl sicher, dass er mit dem dünnen Persönchen auch so fertig werden würde. Bedrohlich ging er auf Helena zu, doch kaum hatte er sie erreicht, rammte sie ihm das Knie in die Weichteile. Stöhnend ging Griffo zu Boden.

„Ich mach dich fertig“, ächzte er und angelte nach dem Messer, das in seiner Nähe unter einem Regal lag. Bevor er es erreichen konnte, trat ein Fuß auf seine

Hand und eine tiefe Stimme sagte: „Das würde ich an deiner Stelle lassen, Griffo."

Antonio stand mit gezogener Waffe über ihm und grinste über Griffos erstaunten Gesichtsausdruck.

Ein Schwall auf Italienisch prasselte auf den Kommissar ein, der Griffo jedoch völlig ignorierte und ihm seelenruhig die Handschellen anlegte, die Helena ihm zugeworfen hatte.

Helena humpelte zu Nick, der sich inzwischen aufgesetzt und an die Wand gelehnt hatte.

„Alles in Ordnung?", fragte sie besorgt. Sie atmete scharf ein, als sie sich hinkniete, nahm dann aber vorsichtig seine Hand in ihre.

„Das fragst du *mich*?", flüsterte Nick und lächelte. Dann veränderte sich sein Gesichtsausdruck plötzlich und machte tiefer Besorgnis Platz. „Was machst du denn für Sachen? Warum um Himmels willen begibst du dich in solche Gefahr?", schimpfte er los.

„Was *ich* für Sachen mache?", fragte Helena empört. Inzwischen hatte sie sich stöhnend neben Nick auf den Boden niedergelassen. Sie hatte große Schmerzen im Brustkorb.

Die Türglocke bimmelte und Franzi kam hereingestürmt, im Schlepptau drei Kollegen. Der kleine Raum war brechend voll.

„Kaum lässt ma euch a paar Minuten allein ...!", sagte die Augsburgerin kopfschüttelnd und sah auf ihre Partnerin hinunter, die blutend und händchenhaltend mit ihrem Freund zwischen lauter Scherben auf dem Boden saß und sie mit schiefem Lächeln begrüßte. Helenas Lippe war inzwischen mordsmäßig angeschwollen.

„Na, der andre sieht aber au net besser aus", grinste Franzi mit Seitenblick auf Griffo, dem das Blut aus zahlreichen Schnittwunden über das Gesicht lief. „Was hasch denn mit dem g'macht?"

„Sie hat mit einer Schneekugel nach ihm geworfen", sagte Nick schmunzelnd.

Erstaunt sah Franzi auf. „Einer Schneekugel?! Hab i des richtig gehört?"

„Genauer gesagt einer Augsburg Schneekugel. Die hab ich immer vorrätig, weil manche Touristen die gerne sammeln."

Franzi lachte lauthals. „Also, so was hab i no nie g'hört! I seh scho förmlich die Schlagzeile vor mir: Augschburger Kommissarin bewirft Mafioso mit Schneekugel!" Sie bog sich vor Lachen.

Inzwischen war auch Antonio zu ihnen getreten. Er hatte Griffo den Kollegen übergeben, die ihn abführten. Pausenlos brabbelte er auf Italienisch vor sich hin.

„Um Himmels willen, Helena", schimpfte Antonio. „Wie kann man nur so unvernünftig sein?"

Schwach winkte Helena ab. „Lass gut sein, Antonio. Ich hab schon meinen Anschiss von Nick und Franzi bekommen."

„Zu Recht", fand der Italiener. „Wie kann man sich einfach so in Gefahr begeben?"

Franzi nickte. „Die isch echt net ganz bacha, unsre Lena!"

Helena sah nach rechts. Ihr Blick traf sich mit Nicks. „Da gab es nichts zu überlegen", sagte sie ruhig.

Inzwischen waren Sanitäter eingetroffen und knieten sich neben Helena und Nick. Franzi und Antonio machten ihnen Platz, damit sie in Ruhe arbeiten konnten.

Eine Stunde später saßen Helena, mit geklebter Lippe und einem festen Verband um die gebrochene Rippe, mit Nick, der sich den Rücken übel geprellt hatte, Antonio und Franzi im Präsidium.

„Nick, bitte sag uns, was geschehen ist", bat Helena ihren Freund.

Beschämt ließ der seinen Kopf hängen. „Es tut mir alles so leid", sagte er leise. „Helena, du hättest tot sein können und das wäre meine Schuld gewesen!" Er wischte sich mit der Hand über die Augen. Helena rückte ihren Stuhl näher an ihn heran und nahm seine Hand in ihre.

„Es geht mir gut", sagte sie eindringlich und sah ihm in die Augen. Die unendliche Sorge, die sie in seinem Blick las, erfüllte sie mit Hoffnung.

„Der Lena geht's gut, wie du siehsch", sagte Franzi ungeduldig. „Aber sag, was hasch du mit so einem wie dem Griffo zu tun?"

Nick seufzte. „Das ist eine lange Geschichte ..."

„Mir ham Zeit", grinste Franzi.

Zögernd begann Nick zu erzählen. „Kannst du dich an meine kaputte Schaufensterscheibe vor einiger Zeit erinnern?", fragte er Helena.

Die nickte. „Ein Spannungsbruch, nicht?"

Nick schüttelte den Kopf. „Die Scheibe ist eingeworfen worden. Um den Stein, der die Scheibe zerstört hatte, war eine Botschaft gewickelt. *Das Leben ist gefährlich,* stand darauf. *Eine Zahlung von 1.000 Euro alle vierzehn Tage wird dich und die deinen vor weiterem Schaden bewahren. Unfälle geschehen schnell!"* Nick seufzte. „Ich konnte es nicht fassen", fuhr er zu erzählen fort. „Zunächst wollte ich die Nachricht einfach ignorieren, doch dann wurde der Weigand zusammengeschlagen und sein Laden verwüstet."

Helena nickte nachdenklich. „Stimmt! Damals war deine Scheibe kaputt, als wir auf dem Markt ermittelt haben."

„Genau. Ich hab den Weigand damals in der Klinik besucht. Zuerst wollte er nichts sagen, aber als ich ihm meinen Drohbrief gezeigt habe, hat er gesagt, dass er besser gezahlt hätte, dann würde er jetzt nicht in der Klinik liegen." Er sah Helena mit großen Augen an. „Da hab ich gewusst, dass die ernst machen, verstehst du? Hast du gesehen, was die mit seinem Laden gemacht haben? Was die mit seiner Hand gemacht haben?"

„Aber warum hast du mir denn nichts davon erzählt?", fragte Helena leise.

„Weil ich Angst hatte!", stieß er zwischen zusammengepressten Lippen hervor. „Angst um dich, Angst um mich und Angst um meinen Laden!" Er richtete sich auf und stöhnte, als sein malträtierter Rücken protestierte.

„Dann ist die Sache mit dem Zeitlhammer passiert", fuhr Nick zu erzählen fort.

„Mit Zeitlhammer!", rief Helena erstaunt.

Ihr Freund nickte. „Ein Restaurantbesitzer, dessen Lokal direkt an den Stadtmarkt angrenzt, wird ermordet. Und nicht nur das, seine Leiche wird auch noch zur Schau gestellt, wie die Medien ausführlich berichtet haben." Er sah Helena an. „Und da glaubst du nicht an einen Zusammenhang?"

„Die 5.000 Euro!“, rief Helena aufgeregt.

„Was meinsch jetzt?“, fragte Franzi verständnislos.

„Der Zeitlhammer hat jeden Monat einmal 5.000 Euro in bar abgehoben, obwohl er sonst immer alles mit Karte bezahlt hat. Ich konnte mir bis jetzt keinen Reim darauf machen, was es mit dem Geld auf sich hat, doch jetzt beginnt das alles einen Sinn zu ergeben.“

Antonio nickte. „Das klingt logisch. Wahrscheinlich hat die Mafia ihre Forderung erhöht und Zeitlhammer wollte nicht mehr zahlen.“

„Herr Zeitlhammer ist durch eine Kokaininjektion ums Leben gekommen“, sagte Helena. „Kann das mit der Mafia zusammenhängen?“ Forschend sah sie Antonio an.

„Auf jeden Fall“, bestätigte der. „Immerhin ist Rauschgifthandel ein blühendes Geschäft für die Mafia! Aber es gibt noch eine Tatsache, die auf die Mafia hindeutet“, sagte Antonio und sah erwartungsvoll in die Runde.

„Nun sag scho“, sagte Franzi ungeduldig.

„Ihr habt gesagt, dass die Leiche von Herrn Zeitlhammer so drappiert wurde, dass jedermann sie sehen konnte.“

Helena nickte. „Ja, wir hatten großes Glück, dass sie frühzeitig entdeckt wurde. Nicht auszudenken, wenn man sie erst später gesehen hätte, als die Fußgängerzone voller Menschen war.“

„Genau das meine ich“, fuhr Antonio fort. „Normalerweise tut ein Mörder doch alles, um seine Tat zu vertuschen, oder etwa nicht? Aus welchem Grund also sollte er eine Leiche derart öffentlich ausstellen? Das Kokain war hier nur Mittel zum Zweck, eine einfache Möglichkeit jemanden zu beseitigen.“

„Des macht echt Sinn", fand Franzi.

„Apropos Kokain, auch Paolo Bruni, der Mann, der gestern vor der Pizzeria erschossen wurde, hatte voraussichtlich Rauschgift zu Hause", sagte Helena nachdenklich. „Ich warte immer noch auf den Laborbericht."

„Komm mer zu dir zurück", sagte Franzi ungeduldig zu Nick. „Du hasch also beschlossen, des Geld zu zahlen."

Hilflos hob er die Hände. „Was hätte ich denn tun sollen? Am Ende wär's mir so ergangen wie dem Weigand, der kann immer noch keine Blumen verkaufen. Wahrscheinlich kann er seine Hand nie mehr richtig benutzen, wie soll er denn da Blumensträuße binden? Oder noch schlimmer: Die hätten mich genauso kalt gemacht wie den Zeitlhammer! Denen ist doch alles zuzutrauen!"

„Ich verstehe immer noch nicht, warum du nicht zu mir gekommen bist", sagte Helena verstört. „Vertraust du mir etwa nicht?"

„Das hat doch mit Vertrauen nichts zu tun, Helena", sagte Nick ernst. „Ich liebe dich! Das weißt du! Aber wie hätte ich dich schützen können?"

Plötzlich begriff Helena. „Deshalb hast du dich von mir abgewandt!", rief sie laut. „Du hast mich mit Absicht vor den Kopf gestoßen!"

Er nickte zähneknirschend. „Ich habe keine andere Möglichkeit gesehen, dich aus der ganzen Sache herauszuhalten."

„Und die Frau?", fragte Helena.

Nick sah auf und grinste schief. „Du meinst die Babsi?"

„Keine Ahnung, wie die heißt. Ich hab euch zusammen vor unsrem Haus gesehen."

„Ich weiß", gab Nick zerknirscht zu. „Das hat aber auch ewig gedauert, bis du endlich mal aufgetaucht bist! Die Babsi wollt ständig in ihren Laden zurück und ich musste mir immer neue Ausreden einfallen lassen, damit sie noch bleibt. Sie ist Friseurin." Er sah sie verschmitzt an. „Und verheiratet."

„Du hast das mit Absicht getan?", rief Helena empört.

„Ich wollte dir nicht wehtun, Helena, wirklich nicht! Ich musste dafür sorgen, dass du so sauer auf mich bist, dass du Abstand zu mir hältst."

„Das ist ja wohl die Höhe!" Helena fuhr sich nervös mit beiden Händen durch die Haare.

„Er wollt dich nur schützen, Lena, weißsch?", sagte Franzi und legte ihre Hand auf Helenas Schulter.

„Ja, ich weiß", sagte Helena böse. „Aber hast du eine Ahnung, wie ich gelitten habe?", fuhr sie an Nick gewandt fort.

„Nicht weniger als ich, nehme ich an", sagte er leise und sah betreten zu Boden.

Wie sie ihn mit hängenden Schultern hilflos dasitzen sah, war plötzlich aller Ärger verraucht. Nicht auszudenken, was Nick in den letzten Wochen durchgemacht haben musste! Die Sorge um seinen Laden, der seine Lebensgrundlage darstellte und dazu die Angst, dass jemand Helena oder ihm etwas antun könnte.

Helena stand auf und umarmte Nick ganz fest. Trotz der starken Schmerzmittel spürte sie einen heftigen Stich in der Seite. Sie keuchte auf.

„Langsam, Lena", sagte Nick zärtlich und zog sie vorsichtig auf seinen Schoß, wo er sie fest in den Armen hielt.

Helena war trotz der starken Schmerzen überglücklich. Endlich, endlich war alles wieder gut zwischen Nick und ihr! Erst jetzt, wo sie seinen Duft tief einatmete und sich ganz eng an ihn schmiegte, merkte sie, wie sehr sie ihn wirklich vermisst hatte!

„Wie ging's dann weiter mit den Drohungen?", wollte Franzi von Nick wissen. „Was war des für ne Sache mit dem Griffo heut?"

„Ich konnte nicht mehr zahlen", gab Nick zerknirscht zu. „So viel wirft mein Laden einfach nicht ab! Sogar die Miete hab ich diesen Monat nicht bezahlen können. Mein Vermieter überlegt ernsthaft, mir zu kündigen. Wenn er Tante Lisa nicht so gut leiden könnte, säße ich schon auf der Straße."

Nicks Tante hatte den kleinen Laden auf dem Stadtmarkt jahrelang geführt und war bei allen Leuten, die auf dem Markt arbeiteten, beliebt gewesen.

„Griffo wollte also Geld von dir und du konntest nicht zahlen", fasste Helena das Gehörte zusammen.

„Richtig."

„Da haben Sie aber mal richtig Glück gehabt, dass Ihre Freundin dazugekommen ist", merkte Antonio an. „So einer wie Griffo fackelt nicht lange!"

Nick sah Helena ernst an. „Du hast mir das Leben gerettet!".

„Und du mir meins", winkte Helena ab. „Wenn du ihn nicht angesprungen hättest, hätte der mich glatt abgestochen!" Vorsichtig küsste sie Nick, um ihre geklebte Lippe nicht zu sehr in Mitleidenschaft zu ziehen.

„Wie geht's jetzt weiter?", überlegte Franzi laut.

„Ich würde sagen, wir sehen uns mal in Griffos Wohnung um. Die Kollegen haben seine Adresse in seinem Geldbeutel gefunden", sagte Antonio. „Natürlich hatte auch er einen gefälschten Ausweis. Immerhin wird international nach ihm gefahndet."

„Gute Idee", sagte Helena und wollte gerade aufstehen, als Franzi sie zurück auf Nicks Schoß drückte.

„Nix da, Lena, du bleibsch schön hier! Oder no besser, ihr fahrt's heim und mir treffen uns nachher bei euch, ok? I verschteh eh net, dass der Notarzt di net glei mitg'nommen hat."

Dankbar sah Helena ihre Partnerin an. „Danke, Franzi."

„Kei Ursache! Schau di nur mal a! Du g'hörsch heim!"

10.

Eine halbe Stunde später traten Helena und Nick gemeinsam aus dem Aufzug. Franzi hatte dafür gesorgt, dass sie mit dem Streifenwagen heimgefahren wurden, weil Helenas Fahrzeug immer noch in der Tiefgarage in der Innenstadt stand. Sie hatte sich von Helena die Autoschlüssel geben lassen und versprochen, dafür zu sorgen, dass der Wagen abgeholt und zu ihr gefahren werden würde. Helena war ihrer Kollegin zutiefst dankbar.

Unsicher sah sie Nick an, als sie auf den Gang vor ihren Wohnungen traten.

„Du willst sicher erst mal heim, oder?"

Er nickte und Helena musste schlucken.

„Dann klingle ich, wenn Franzi da ist, ok?"

Sie wandte sich ab und fühlte im selben Moment seine Hand in ihrer.

„Wieso klingelst du, wenn ich eh schon da bin?", fragte er leise.

Helena starrte ihn sprachlos an. Nick nahm ihr Kinn in die Hand und sah ihr in die Augen.

„Mein Zuhause ist da, wo du bist, Helena. Lass uns endlich Nägel mit Köpfen machen und ganz zusammenziehen. Was meinst du?"

Helena strahlte. „Das würde mich überglücklich machen!"

Hand in Hand liefen sie in Helenas Wohnung. Zum ersten Mal seit einer gefühlten Ewigkeit ging Helena mit einem guten Gefühl nach Hause. Endlich fühlte sie sich wieder komplett!

Als Franzi und Antonio eine Stunde später aufkreuzten, hatten Helena und Nick es sich im Wohnzimmer gemütlich gemacht. Sie beschlossen, Pizza zu bestellen, weil sie vor lauter Aufregung gar kein Abendessen gehabt hatten. Es dauerte nicht lange und die vier mampften gemütlich vor sich hin und spülten anschließend das Essen mit Rotwein hinunter. Obwohl es schon kurz nach 22 Uhr war, schmeckte es ihnen hervorragend.

„Jetzt erzählt schon, was ihr herausgefunden habt", drängte Helena, als Franzi sich mit einer Serviette den Mund abputzte.

„Des glaubsch du net …", setzte Franzi zu erzählen an.

„Franzi!", warnte Helena ihre Freundin. Die lachte und hob abwehrend die Hände.

„Scho gut, scho gut! I erzähl's ja scho!" Sie setzte sich aufrecht hin und sah in die Runde.

„Also, der Toni und i sind zu dem Griffo sei Wohnung g'fahren. Nobles Teil, sag i euch! Alles vom Feinschten. Dort ham mir jede Menge interessante Sachen g'funden!" Sie grinste Antonio an und forderte ihn auf, fortzufahren.

„Griffo hatte große Mengen Rauschgift zu Hause deponiert", erzählte Antonio weiter. „Vielleicht sogar die gleiche Art, die bei dem Mord an dem Zeitlhammer verwendet wurde", sagte er hoffnungsvoll. „Außerdem haben wir interessante Unterlagen entdeckt. In seinem

Schreibtisch haben wir Fotos gefunden, gut versteckt unter einer falschen Schubladenbodenplatte."

„Du glaubsch net, wer auf den Fotos war!", platzte Franzi aufgeregt dazwischen. Antonio schmunzelte und überließ ihr großzügig den Vortritt. „Der Bernardi, äh, Quatsch, wie heißt der nomml in echt?" Sie zog die Stirn in Falten und dachte angestrengt nach. „Ach, isch ja au bumms, i mein, egal! Des Plärreropfer halt!"

Verwirrt sah Helena von Franzi zu Antonio. „Griffo hatte Fotos von Mariani?"

Franzi schlug sich mit der Hand vor die Stirn. „Ach, stimmt ja! So hieß der!"

„Hattest du nicht gesagt, Griffo gehört der Camorra an?", wandte sie sich an Antonio. „Und Mariani war ursprünglich bei der 'Ndrangheta. Wie lässt sich das erklären?"

Franzi schüttelte frustriert den Kopf. „Wie du dir nur diese ganzen komplizierten Namen immer merken kannsch?!"

Antonio tätschelte beruhigend Franzis Hand. „Keine Sorge, das bekommst du schon noch hin", sagte er schmunzelnd.

„Um deine Frage zu beantworten", fuhr er an Helena gewandt fort, „ich hab da schon eine Theorie. Wir wissen von Nick, dass er von der Camorra erpresst worden ist, deren führender Kopf vermutlich Griffo selbst war. Ich nehme an, die wollten sich hier groß ausbreiten. Wenn ich richtig liege, geht tatsächlich auch der Mord an Herrn Zeitlhammer auf deren Konto. Die Camorra begnügt sich nicht damit, kleine Ladeninhaber zu erpressen. Die angeln sich vor allem die größeren Fische.

Wir müssen abwarten, was die Laborergebnisse ergeben. Vermutlich waren sie gerade erst dabei, ein Netzwerk aufzubauen. Ansonsten hätte ein Mafia-Boss wie der Griffo sich nie mit so einem kleinen Ladeninhaber wie Nick abgegeben.“

„Und Mariani? Wie passt der da rein?“, ließ Helena nicht locker.

Antonio hob die Hände. „Zwei Mafia-Clans in einer Stadt, das kann nicht gut gehen“, sagte er. „Ich vermute, dass er erkannt wurde und beseitigt worden ist.“

„Aber er hat sich doch hier zur Ruhe gesetzt!“

„Richtig, Helena, aber ein Mafioso ist niemals wirklich im Ruhestand. Wenn der Mariani von den Geschäften der Camorra hier Wind bekommen hätte, hätte der das doch sofort gemeldet. Die ’Ndrangheta überlässt Konkurrenz nur sehr ungern das Geschäft.“

„Das macht Sinn“, sagte Helena nickend. „Aber was ist mit dem Opfer von gestern Abend, mit Paolo Bruni?“

Franzi grinste. „In der Wohnung von dem Griffo haben wir Unterlagen gefunden, die ihn mit Paolo Bruni in Verbindung bringen. Die beiden haben miteinander gearbeitet“, erklärte sie.

Helena staunte. „Also war auch Bruni bei der Mafia!“

Antonio nickte. „So schaut es aus. Bruni und Griffo waren beide Mitglieder der Camorra.“

„Ach richtig!“, rief Franzi aufgeregt. „Der Bruni kam ja auch aus Neapel!“ Stolz sah sie in die Runde.

„Genau“, pflichtete Antonio ihr bei. „Bruni war übrigens nicht der einzige Mitarbeiter von Griffo. Franzi hat die Unterlagen schon weitergereicht und die Fahndung nach seinen Kumpanen läuft bereits auf Hochtouren.“

Helena gähnte verhalten. Nach der ganzen Aufregung war sie todmüde. Nick bemerkte es und strich ihr zärtlich über den Rücken.

„Ich glaube, für heute ist es genug, oder, Franzi?", sagte er mit Seitenblick auf Helena.

Franzi nickte. „Du hasch recht. I bin au ganz k. o. und freu mi auf mei Bett."

Helena protestierte. „Aber wir müssen doch noch den Meier auf den neuesten Stand bringen!"

„Mit dem ham mer morgen früh um zehne einen Gesprächstermin", beruhigte Franzi sie. „I hab ihm g'schrieben, dass mir Neuigkeiten ham und dass mer des besser persönlich besprechen." Sie erhob sich und Antonio folgte ihrem Beispiel. „Also, gut' Nacht, ihr zwei. Mir seh'n uns morgen. Ach, Nick, mir müssen dei Aussage au no zu Protokoll bringen. Wär also gut, wenn du au mitkämsch!"

„Natürlich komme ich mit", antwortete Nick und erhob sich ebenfalls, um Franzi und Antonio rauszulassen.

Helena war zu müde, um aufzustehen. Ihre Augen wollten einfach nicht offenbleiben.

Als Nick zurückkam und die schläfrige Helena vorfand, nahm er sie kurzerhand hoch und trug sie ins Schlafzimmer. Helena protestierte schwach, ließ es sich dann aber doch gefallen, dass er sie umsorgte. Innerhalb weniger Minuten versank sie in einen tiefen, traumlosen Schlaf.

Am nächsten Morgen erwachte Helena mit einem Brummschädel. Der Kampf mit Griffo hatte Spuren hinterlassen. Vorsichtig drehte sie ihren schmerzenden

Kopf zur Seite. Nick schlief noch tief und fest. In aller Ruhe betrachtete sie sein Gesicht. Es fiel ihr schwer zu glauben, dass zwischen ihnen alles wieder in Ordnung war. Die Sorge, all die Ängste, die sie ausgestanden hatte! Sie lächelte, als sie die kleine Narbe über der linken Augenbraue betrachtete, die Nick schon seit seiner Kindheit hatte. Alles an ihm war ihr so vertraut! Es war, als wäre er nie weggewesen!

Nick bewegte sich und öffnete blinzelnd die Augen. „Du bist ja schon wach."

Helena küsste ihn auf die Nasenspitze. Sie verzog ihr Gesicht und langte sich an die Lippe.

„Tut's arg weh?", fragte er mitfühlend.

„Geht schon. Ich hab nur vergessen, vorsichtig zu sein."

„Du siehst ganz schön mitgenommen aus." Besorgt musterte Nick Helena.

Die winkte ab und schwang die Beine aus dem Bett. „Ach was, das bisschen hat noch keinen umgebracht."

Als sie aufstand fuhr ihr ein heftiger Schmerz in die Seite. Scharf sog sie die Luft ein.

„Soso", sagte Nick schmunzelnd. „Nicht so schlimm also …"

Helena erschrak, als sie im Bad in den Spiegel sah. Ihre Lippe war immer noch dreimal so dick wie üblich und auf der rechten Wange prangte ein großes Veilchen. Sie spritzte sich kaltes Wasser ins Gesicht, was augenblicklich guttat. Vorsichtig zog sie sich an und quälte sich in ihre Bluse. Jede Bewegung verursachte ihr Schmerzen.

Als sie fertig angezogen in die Küche kam, staunte sie nicht schlecht. Zwei dampfende Becher Kaffee standen bereit und Nick hatte es sich außerdem nicht nehmen lassen, Marmeladenbrote für sie beide zu schmieren.

„Du bist ein Schatz!", sagte sie strahlend.

Nick grinste. „Das hört man gern."

Als Helena bemerkte, dass Nick ihr außerdem noch eine Schmerztablette hingelegt hatte, wäre sie vor Dankbarkeit beinahe in Tränen ausgebrochen. Wie lieb er war!

Franzi und Antonio waren schon da, als Helena und Nick wenig später im Präsidium eintrafen. Sie hatten noch etwas Zeit, bevor sie zu ihrem Termin mit Herrn Meier mussten. Helena brachte Nick ins Zimmer nebenan, wo das Protokoll aufgenommen werden würde.

„I check grad schnell die Mails", sagte Franzi, als Helena zurückkam. „Vielleicht gibt's ja scho was Neues!"

Antonio hatte es sich an dem runden Tisch gemütlich gemacht und schaute auf sein Handy.

Plötzlich klingelte das Telefon.

„Hansen", meldete sich Helena, die direkt neben dem Apparat gestanden hatte.

„Frau Hansen, auch sonntags im Dienst, wie ich höre. Vorbildlich! Guten Morgen", schnarrte die bekannte sonore Stimme.

„Guten Morgen, Dr. Lysander", sagte Helena. „Mit ihnen hab ich heute gar nicht gerechnet." Sie tauschte einen überraschten Blick mit Franzi.

Der Pathologe lachte. „Haben Sie vielleicht gedacht, nur die Polizei macht Überstunden?" Ein Räuspern kam aus dem anderen Ende der Leitung. „Nein, jetzt mal im Ernst. Ich habe wichtige Neuigkeiten für Sie."

„Dann schießen Sie mal los. Ich bin sehr gespannt! Ich stell sie kurz auf laut, damit meine Kollegen mithören können." Helena drückte auf den Lautsprecher.

„Gerne. Also, Sie können sich sicher erinnern, dass ich unter den Fingernägeln des Toten aus dem Riesenrad DNA sicherstellen konnte, die vermutlich dem Täter zuzuordnen ist."

„Ja, natürlich. Doch leider gab es keine Übereinstimmung in der Datenbank", antwortete Helena.

„Korrekt. Es gab keine. Aber inzwischen gibt es eine!"
Sprachlos sahen Helena und Franzi sich an.

„Hallo? Sind Sie noch dran?"

„Entschuldigung, Dr. Lysander, ja, wir sind noch dran. Bitte fahren Sie fort!"

„Die DNA, die ich beim Mordfall Mariani sicherstellen konnte, ist einem gewissen Paolo Bruni zuzuordnen."

„Das gibt's ja nicht!", rief Helena.

„Doch, gibt es wohl." Dr. Lysander lachte. „Obwohl ich noch nicht alle Laborergebnisse von der Obduktion von Herrn Bruni habe, kann ich das schon mal mit einer Wahrscheinlichkeit von 100 Prozent sagen."

Helena musste sich zusammenreißen, um nicht loszulachen. Es sah aber auch zu komisch aus, wie Franzi mit offenen Mund auf das Telefon starrte.

„Vielen Dank, Herr Doktor", beeilte sich Helena zu sagen. „Sie haben uns sehr weitergeholfen."

„Das will ich meinen", brummte der Pathologe. „Guten Tag, die Damen." Er legte auf.

„Der Bruni hat also den Mariani erstochen und isch dann selber erschossen word'n", sagte Franzi kopfschüttelnd. „Hab i des jetzt richtig verschtand'n?"

Helena nickte.

„Wenn wir jetzt noch in Betracht ziehen, dass Herr Mariani Mitglied der 'Ndrangheta war und Herr Bruni der Camorra angehörte, wird's richtig verwirrend!", sagte sie nachdenklich.

„So ungewöhnlich ist das gar nicht", schaltete sich Antonio ein.

Erstaunt sahen ihn die beiden Kommissarinnen an.

„Ich vermute, dass die Camorra Kenntnis davon erlangt hat, dass sich ein ehemaliger Killer der 'Ndrangheta in Augsburg aufhält. Vielleicht war es aber auch einfach Zufall und Griffo hat Mariano auf dem Plärrer erkannt. Auch wenn Mariano sich offiziell zur Ruhe gesetzt hatte, liegt es auf der Hand, dass er es sofort an seine Organisation weitermelden würde, wenn er von den Machenschaften der Camorra Wind bekäme. Also hat man ihn ausgeschaltet."

„Dass auch Paolo Bruni ermordet wurde, kann kein Zufall sein", sinnierte Helena weiter. „Ist es möglich, dass sein Tod ein Racheakt durch die 'Ndrangheta war?"

„Absolut", stimmte Antonio nickend zu. „Der gewaltsame Tod eines Mitglieds, egal ob aktiv oder inaktiv, zieht bei der Mafia immer interne Untersuchungen nach sich. Ich vermute, dass sie nachgeforscht haben und dementsprechend handelten."

Franzi schüttelte den Kopf. „Damit hat die Camorra dann genau des erreicht, was se net g'wollt hat. Sie ham den Mariani um'bracht, damit der nix meldet, und jetzt erscht recht des Augenmerk der Dingsbumms, wie au immer die andere Mafia-Organisation heißt, auf sich zogen."

Antonio nickte. „So sieht es aus.“

„I hab hier übrigens au Neuigkeiten“, sagte Franzi grinsend und zeigte auf ihren PC.

Neugierig sah Helena auf. „Echt?“ Sie stand auf und stellte sich neben Franzi. Als sie auf den Bildschirm sah, riss sie erstaunt die Augen auf.

„Das gibt's ja nicht!“, sagte sie.

„Doch“, grinste Franzi.

„Kann mich mal jemand aufklären?“, bat Antonio.

Franzi nickte Helena zu. „Mach du.“

„Das gestreckte Kokain mit dem Herr Zeitlhammer ermordet worden ist, deckte sich eins zu eins mit dem Päckchen, dass wir bei Paolo Bruni gefunden haben“, sagte Helena. „Es wurde genau im gleichen Verhältnis mit Lidocain gestreckt. Ich wette, dass auch das Zeug, das ihr gestern Abend bei Griffo gefunden habt, damit übereinstimmt.“

„Da die beiden zusammengearbeitet haben, ist das sehr wahrscheinlich“, stimmte Antonio zu.

„Das heißt also, entweder Bruni oder Griffo sind die Mörder von Herrn Zeitlhammer“, fasste Helena zusammen.

Antonio nickte. „Ich würde wetten, dass Griffo da seine Finger im Spiel hat. Bruni war nur ein kleiner Fisch, verglichen mit Griffo. Bei so einem großen Brocken wie dem Zeitlhammer ist Griffo sicher persönlich vorstellig geworden.“

„I frag mi, wer da no so alles mit der Mafia Bekanntschaft geschlossen hat“, merkte Franzi an.

Helena dachte nach und plötzlich fiel es ihr wie Schuppen von den Augen. Das seltsame Verhalten der

Besitzer der angrenzenden Läden! Wie schnell sie Helena immer hatten loswerden wollen! Natürlich! Sie hatten Angst gehabt, mit einer Polizistin gesehen zu werden! Der Mord an Luis Zeitlhammer hatte immerhin eindrücklich bewiesen, mit welchen Methoden die Mafia arbeitete!

Schnell berichtete sie Franzi und Antonio von ihrem Verdacht.

„Dann haben Griffo und seine Kumpane genau das erreicht, was sie wollten", sagte Antonio. „Der Mord an Herrn Zeitlhammer war das perfekte Signal an alle anderen, dass die Mafia nicht zu Scherzen aufgelegt ist."

„Des passt wirklich! Glei nächschte Woche konfrontieren mir die netten Herren damit!", sagte Franzi. „Der Meier wird Augen machen!" Sie lehnte sich zufrieden zurück.

„Apropos Meier!" Erschrocken sah Helena auf die Uhr. „Es ist gleich zehn!"

Auf schnellstem Weg begaben sich Franzi, Helena und Antonio zum Büro von Hauptkommissar Meier, der sie schon ungeduldig erwartete.

Ungläubig lauschte er dem Bericht der Kommissarinnen. „Die Mafia?! Hier in Augsburg?"

Helena und Franzi nickten zustimmend.

Antonio versuchte, Herrn Meier einen Überblick über die Strukturen der verschiedenen Mafia-Organisationen zu geben. Stöhnend ließ sich der Hauptkriminalkommissar in seinen Sessel zurückfallen.

„Das kann ja kein Mensch verstehen! Wenn Sie wüssten, wie die Presseheinis mich löchern werden, wenn die hören, dass die Mafia für die Todesfälle verantwortlich ist!" Er setzte sich abrupt auf. „Ich hab da eine Idee!

Sie“, er deutete auf Antonio, „kommen einfach mit zur Pressekonferenz. Sie können die ganzen Fragen zur Mafia doch viel besser beantworten als ich. Einverstanden?“

Antonio stimmte zu.

Herr Meier wandte sich an die Kommissarinnen. „Ich danke Ihnen für die gute Arbeit. Heute Nacht werde ich zum ersten Mal seit der Ermordung von Herrn Zeitlhammer wieder ruhig schlafen können!“

Er verabschiedete sich von Helena und Franzi. Antonio würde erst mal bei ihm bleiben, um die Pressekonferenz mit ihm zu besprechen. In zwei Stunden würde es so weit sein. Helena und Franzi beschlossen, es für heute gut sein zu lassen.

Als sie zurück ins Büro kamen, wartete Nick bereits auf sie.

„Fertig?“, fragte Helena.

Er nickte lächelnd. „Ich bin froh, dass das jetzt auch geschafft ist.“

„Dann lass uns heimgehen, in Ordnung?“

„Sehr gerne.“

Franzi, die beschlossen hatte, auf Antonio zu warten, verabschiedete sich von Helena und Nick. Zum Abschied winkte sie ihnen fröhlich hinterher.

„Bin ich froh, dass die Sache vorbei ist!“, sagte Helena und kuschelte sich näher an Nick, der neben ihr auf der Couch saß. Sie hatten gerade zusammen die Abendnachrichten angesehen. Herr Meier war als großer Held gefeiert worden, da es seiner Abteilung gelungen war, einen Mafiaring auszuheben. Sogar der Polizeipräsident war bei der Pressekonferenz anwesend gewesen und hatte wohlwollend von der hervorragenden Arbeit der Augsburger Polizei gesprochen. Inzwischen waren auch zwei weitere Mitglieder der Bande verhaftet worden. Schmunzelnd hatte Helena die kurze Ansprache ihres Chefs verfolgt, der es nicht versäumt hatte, Franzi und sie namentlich zu erwähnen.

„Und ich erst", murmelte Nick und küsste Helena auf den Scheitel.

„Zum Glück hab ich morgen frei bekommen", seufzte Helena zufrieden. „Und stell dir vor, die Franzi will morgen endlich Antonio ihre geliebte Stadt zeigen." Sie grinste. „Irgendwie passen die beiden gut zusammen, auch wenn er sie kaum versteht."

Sie lachten herzhaft.

„Ich werde den Laden auch ein wenig später aufmachen", beschloss Nick gähnend. „Dann können wir zwei morgen ausschlafen und anschließend ausgiebig frühstücken. Was hältst du davon?"

Helena lächelte glücklich. „Davon halte ich sehr viel!"

Danksagung

Wenn ein Buch beendet ist, ist das immer ein Grund, Danke zu sagen. Allen voran möchte ich natürlich Ihnen danken, liebe Leserinnen, liebe Leser! Dafür, dass Sie Helena und Franzi auch bei ihrem dritten Fall, nach „Nackabatsch mit Todesfolge" und „Mordsplatschari", die Treue halten und dass Sie nach wie vor bereit sind, sich tapfer durch den Augsburger Dialekt zu kämpfen. Ich bin selbst gebürtig aus Augsburg und wohne nach wie vor in der wunderschönen Fuggerstadt. Selbstverständlich hört man mir das auch an. Allerdings muss ich auch zugeben, dass der Dialekt in Augsburg nicht durchgängig gleich ist. Je nach Stadtviertel hört man durchaus unterschiedliche Ausprägungen. Bei mir kommt auch ein leichter Allgäuer Einschlag hinzu, den ich meinem Papa verdanke und den der ein oder andere aufmerksame Leser in meinen Büchern bei Franzi bereits festgestellt hat.

Meine Heimatstadt ist mir unheimlich wichtig. Ich bin einfach mit Leib und Seele Augschburgerin. Natürlich bin ich auch ein großer Fan des hiesigen Bundesligavereins und verfolge jedes Spiel, ich unternehme Stadtrundgänge mit meinen Klassen und versuche, sie von der über 2000-jährigen Geschichte Augsburgs zu begeistern. Einige meiner Lieblingsorte kommen auch in meinen Büchern vor. So bummle ich zum Beispiel wahnsinnig gern über unseren Stadtmarkt und bestaune die bunte Ware oder ich sitze mit meinem Mann und Freunden am Rathausplatz und genieße vor der Fassade unseres prächtigen Renaissance-Rathauses einen leckeren Cappuccino.

Kommen Sie uns doch auch mal besuchen und überzeugen Sie sich von der Schönheit unserer altehrwürdigen Heimatstadt! Es lohnt sich wirklich, nicht zuletzt aufgrund unseres Weltkulturerbestatus, den Augsburg wegen seines einzigartigen Wassermanagement-Systems im Jahr 2019 verliehen bekommen hat. Für Touristen wird bei uns übrigens bestens gesorgt. Die Regio Augsburg, unter der kompetenten Leitung von Götz Beck, tut wirklich alles dafür, Ihnen bei uns unvergessliche Stunden oder sogar Tage zu ermöglichen!

Ich möchte nun ein paar lieben Menschen Danke sagen, die mich auf meinem Weg als Autorin unterstützen.

Zuallererst danke ich meinem Mann Florian, der mir immer den Rücken freihält und mir die Zeit einräumt, die ich zum Schreiben brauche. Ohne dich ging es nicht! Auch meinen drei Süßen, Lilly, Tim und Ida, sage ich ein großes Dankeschön, weil ihr bereit seid, immer wieder auf Mama zu verzichten, damit die ihrer Schreibleidenschaft nachgehen kann.

Des Weiteren möchte ich den lieben Menschen beim dp Verlag danken, die mich beim Entstehungsprozess meiner Bücher immer tatkräftig unterstützen und ihr Vertrauen auch beim dritten Band der Augsburg-Krimireihe in mich gesetzt haben: Vielen herzlichen Dank, liebe Alex Fölker, liebe Francesca Hintz, liebes dp-Team! Ihr seid die Besten!

Auch meiner Agentin Anna Mechler von der Literaturagentur Lesen & Hören gilt mein ganz großer Dank. Deine Tipps sind wirklich Gold wert! Ich finde es nicht selbstverständlich, dass du alle Bücher Probe liebst und dir immer die Zeit dafür nimmst, Feedback zu geben. Ich bin sehr froh, dich an meiner Seite zu wissen!

Was wäre ein Buch ohne eine gute Lektorin? Liebe Caro, vielen lieben Dank für deine vielen Anregungen und deine Mühe!

Probeleser sind so wichtig! Meiner Zwillingsschwester Heike Beardsley, die mit „Tödliche Töne" und „Kaffee, Kuchen, Diamanten" selbst tolle Cosy Crimes für dp geschrieben hat, bin ich äußerst dankbar für ihr kritisches Auge. Wenn sie sagt, dass es passt, bin ich beruhigt!

Auch meine Freundin Katrin Artes nimmt sich immer Zeit für meine Geschichten und bestärkt mich sehr in meinem Tun. Das tut gut, liebe Kati!

Abschließend hoffe ich, Ihnen, liebe Leserinnen, liebe Leser, mit meiner Geschichte rund um Helena und Franzi ein paar schöne Stunden beschert zu haben. Natürlich würde ich mich sehr über Ihr Feedback in Form einer Rezension freuen! Wenn Sie Lust dazu haben, schreiben Sie doch ein paar Zeilen, wie Ihnen das Buch gefallen hat. Das würde mich sehr freuen und ich bedanke mich bereits im Voraus dafür, dass Sie sich die Zeit dafür nehmen!

Jetzt bleibt mir nur noch Tschüss zu sagen. Also pfiat's euch, macht's es gut und habt's a gute Zeit! Lasst's es euch gut gehn und vielleicht seh mer uns a mal bei uns in Augschburg! Würd mi freun!